KB267630

도망치지 마 미하루 씨

도망치지 마 미하루 씨

야마모토 유키히사 **지음** | 박재현 **옮김**

나무생각

목 차

제1화 세일러복

"어머, 옛날 생각난다."

방에 들어오자마자, 미하루 씨는 세일러복 차림의 요코를 보면서 말했다.

"미하루 씨!" 전신거울 앞에 서 있던 요코가 돌아보고 얼굴은 찌푸렸다. "들어올 때는 노크 좀 해."

"노크라니, 너 미닫이문을 어떻게 노크하라는 거야?" 미하루 씨가 코웃음을 쳤다.

아버지의 동생인 그녀를 고모라고 부른 적은 지금까지 단 한 번도 없다. 그렇게 하라고 누가 시킨 것은 아니다. 어렸을 때부터 저절로 이름에 씨를 붙였다.

미하루 씨는 요코의 바로 맞은편에 비스듬히 무릎 꿇고 앉았다.

"한 바퀴 돌아봐."

평소였다면 미하루 씨는 책상다리를 하고 앉았을 것이다.

그러나 오늘은 달랐다. 검은 원피스를 입은 모습이 어딘가 품격 있는, 조숙한 아가씨처럼 보이게 했다. 그것은 상복이었다.

"왜?"

"특별한 이유는 없어. 자, 어서 돌아봐."

미하루 씨의 재촉에 요코는 하는 수 없이 팽이처럼 돌았다. 치마 끝이 사뿐히 올라갔다.

"좋은데, 아주 좋아. 그 교복 잘 어울리네."

남을 칭찬하다니 드문 일이다. 하지만 곧 미하루 씨는 오른쪽 입술 끝만 살짝 올리는 야릇한 웃음을 지었다.

"그렇지만 내가 더 잘 어울렸어."

요코는 올봄 중학교에 진학한다. 며칠 후면 입학식이다.

제3중학교의 여학생 교복은 세일러복이다. 제1중학교와 제2중학교는 블레이저인데 어째서 제3중학교만 세일러복일까. 하복은 그렇다고 해도 동복은 촌티 나고 멋이 없어서 요코는 불만이다. 하지만 어쩔 수 없다.

교복은 길가에 있는 오타 양품점에서 만들었다. 치수를 잴 때, 엄마와 할머니가 거들어주었다.

"요코짱 키가 좀 작구나."

양품점 점장이 빙그레 웃으며 말했다. 작다는 사실은 충분히 안다. 그러니 굳이 말할 필요는 없다.

"이 아이, 키는 작지만 팔은 길어요." 할머니가 웃으며 말했다. "그래서 기성품을 사면 팔이 짧은 경우가 많죠. 그렇지, 우미코?"

사실이지만 그렇게 큰 소리로 말하지 않아도 되는 것을…… 요코는 화가 났다. 섬세함이 결여된 할머니의 이런 성격은 미하루 씨와 똑같다.

"네에." 이름이 불린 엄마는 작게 끄덕이고 요코를 슬쩍 보았다. '참아!' 그렇게 눈으로 호소하고 있었다.

"미하루하고는 아주 달라. 그 아이는 컸으니까. 중학교 1학년에 벌써 백육십을 넘었었지."

"미하루짱의 교복은 만든 기억이 없네요. 중학교에 들어간 건 몇 년 전인가요?"

점장은 고개를 갸웃거리며 줄자를 요코의 가슴에 둘렀다. 아버지와 초중등학교 동기생이지만, 아버지에 비해 노쇠해 보인다. 머리카락이 적어서 머릿속 피부가 드러나는 것이 그렇게 보이게 하는지도 모른다.

"그 아이는 지금 스물여섯, 일곱, 여덟? 아직 서른이 되지 않았지? 몇 살이더라, 우미코?"

딸의 나이를 잊어버리다니……. 엄마가 곧바로 대답했다.

"나보다 열 살 아래에 생일이 지나지 않았으니까, 스물일곱이네요."

"그렇다면 중학교에 들어간 것은……." 점장은 거기서 말을 끊고 요코를 향해서 일어섰다. "자, 끝났다." 그리고 바인더에 끼워진 종이에 무언가를 적었다. 아마 요코의 몸 치수일 것이다. 아버지와 같은 나이의 아저씨에게 자신의 중요한 비밀을 보인 듯해서, 부끄럽기도 분하기도 하다. "십사오 년 전이라면 아직 내가 견습이고 아버지가 현역으로 부지런히 일하던 때네."

"그러고 보니 요즘 아버님이 보이지 않는데, 무슨 일 있어요?" 할머니가 물었다. 점장의 움직임이 멎었다. 엄마의 눈이 불안해하는 것을 요코는 알아챘다. 점장도 주저하는 듯하다.

"어머, 어머니! 여기 아버님은 작년 봄에 돌아가셨어요. 얼마 전에 1주기를 끝냈는걸요."

"아아." 할머니의 표정이 굳어졌다. 그 분위기를 풀어보려는 생각에서인지 일부러 웃었다. "잊은 건 아니야."

뭔가 변명을 찾고 있는 듯 잠시 웃음이 얼어붙었다.

"미안해요." 변명을 찾아내지 못한 모양이다. 할머니는 솔직하게 사과했다.

"요코가 이제 중학생이구나. 빠르네. 나도 서른이 되는구나." 미하루 씨는 담배를 물고 있었다. 아니, 아니다. 금연파이프다.

"아직 스물일곱이잖아."

요코는 미하루 씨와 마주하듯이 앉았다.

"서른이 될 마음의 준비를 해두지 않으면 안 되겠지."

열두 살의 요코는 이해할 수 없다.

"3년 전부터?"

"3년은 한순간이야."

그것은 곤란하다. 앞으로 꽃 같은 중학생활을 보내야 하는데, 한순간이라니.

"미하루 씨, 경야(장사를 지내기 전에 가족들이 죽은 사람 곁에서 밤새 지키는 일) 준비 돕지 않아도 돼?"

"도우려고 했는데, 능력이 안 되나봐. 네 아버지가 물러나 있으라고 해서 도망치듯이 나왔어."

사실일까? 능력이 안 되는 것은 사실이겠지만, 하기 싫어서 나온 게 틀림없다고 요코는 생각했다.

"2층 자기 방으로 가."

"매정하게 굴지 마." 미하루 씨는 털썩 쓰러지듯이 누워서, 잠시 금연파이프를 씹으며 달가닥달가닥 소리를 냈다. 그리고 혼잣말을 했다. "장의사 때문에 화가 나서."

"장의사가 왜?"

"남의 집 장례식에 와서 이래라 저래라 지시하는 거야, 놈들이."

"그게 그 사람들의 일이니, 당연하지 않아?"

미하루 씨는 아~아, 하고 드러누운 채 기지개를 켰다. "그거야 그렇지만, 왠지 그리 유쾌하지 않아. 나로서는."

그러고는 갑자기 요코의 치마 끝을 휙 들췄다.

"아이, 뭐 하는 거야?" 안을 들여다보는 것도 아니고 들여다본들 상관없지만, 요코는 치마를 누르고 미하루 씨를 노려보았다.

"그거 말이야." 세일러복이다. "엄마가 돈 냈어?"

미하루 씨가 말하는 엄마는 요코에게 있어서 할머니로, 오늘의 주인공이다.

"응. 그런데 왜?" 요코는 끄덕이면서 의미 없이 스카프를 만지작거렸다.

"엄마의 마지막 쇼핑이 된 건가."

이상하게 그 말은 조금도 감상적이지 않았다. 그저 사실을 말하는 것으로밖에 여겨지지 않았다.

미하루 씨는 할머니가 돌아가셨다는 게 슬프지 않은 것일까? 그때 부엌 쪽 문에서 소리가 들렸다.

"누나, 들어가도 돼?"

동생 쇼다. 옷 갈아입는다며 마당 쪽으로 내몰았던 것을 잊고 있었다. 요코가 대답하려고 하자, 미하루가 쉿, 하며 입술에 집게손가락을 대고 고양이처럼 살금살금 이동했다.

문 앞에 서서 오케이 사인을 보내기에 요코는 하는 수 없이 동생에게 말했다.

"됐어, 들어와."

쇼가 문을 열자 미하루 씨가 왁, 하고 달려들었다.

"우와아악!"

다른 사람보다 겁이 많은 쇼는 눈을 희번덕거리며 비명을 질렀다. 내 동생이지만 한심하다.

"뭐야! 그만 해."

쇼가 우는소리를 했다. 미하루 씨는 쇼의 옆구리에 있는 잡지를 의외로 가볍게 빼앗았다.

"또 이런 잡지를 읽네."

월간 〈모〉 4월호였다. 쇼가 유일하게 정기구독하고 있는 잡지다. 미하루 씨는 책장을 팔락팔락 넘기고 때때로 기사의 표제를 소리내어 읽었다.

"전국 UFO 비행지도, 예수의 묘는 일본에 있었다, 갓빠(물

14

속에 산다는 상상의 동물, 입이 뾰족 튀어나오고 등딱지와 비늘이 있고 머리 꼭대기에 물이 담긴 접시가 있다.)는 지금도 실존한다, 케네디 대통령은 우주인에게 암살당했다, 고대 문명에 이미 핵무기는 있었다, 노스트라다무스의 예언은 맞다……."

"그만 해, 돌려줘."

"참, 쇼도 이번에 4학년이 되지? 그런데 이런 거 믿을 때야?" 미하루 씨는 〈모〉를 둥글게 말아서 쇼의 머리를 통통 때렸다. "정신이 이상해질 거야."

"전부 믿지는 않아."

"그럼 몇 개는 믿는다는 얘기네?"

미하루 씨는 동정하듯이 쇼를 바라보았다.

할머니가 쓰러진 것은 3월 4일, 히나인형(3월 3일, 여자 아이들의 날인 히나마츠리에 장식하는 인형)을 정리하고 있을 때였다.

집에는 히나인형이 두 세트 있었다. 하나는 미하루 씨의 것이고 다른 하나는 요코의 것이다. 아니, 요코와 엄마의 것이라 해야 할까. 무남독녀인 엄마가 친정에서 대대로 물려받은 것을 시집오면서 가지고 왔다고 한다. "요즘 것보다 훨씬 품격이 있지." 이렇게 말할 때의 엄마는 조금 자랑하는 듯했다.

"미하루가 시집가지 않은 것은 히나인형을 지금껏 장식하고 있어서야.”

고닌바야시(히나인형 중에서 악기를 연주하는 다섯 개의 인형) 중 하나를 하얗고 부드러운 헝겊에 싸면서 할머니는 말했다.

“다른 이유가 있을 거예요.”

정리에 몰두하다가 불쑥 말한 엄마를 할머니가 가볍게 노려보았다.

“아냐, 틀림없이 그 이유일 거야. 아키라 씨가······.” 할머니는 죽은 남편을 그렇게 부른다. “모처럼 장만했으니 당분간 장식해 두자고 말했었지. 나도 그러자고 했으니 할 말은 없지만. 그 무렵엔 이렇게 날 도와줄 사람이 단 한 사람도 없었어.”

지금 할머니를 도와주고 있는 사람은 요코와 엄마와 쇼다.

“아버지나 숙부가 도와주지 않았어요?” 쇼가 물었다. “두 사람은 늘 부모님을 도왔다고 말하는 걸요.”

“거짓말이야.” 할머니는 쓴웃음을 지었다. “방해만 했지 조금도 도와준 적 없었어.”

“제가 더 착하죠? 할머니를 돕고 있으니까요.”

쇼는 끈덕지게 동의를 구했다. 할머니에게는 물론 엄마와 요코에게도.

“그래그래, 우리 쇼는 착해.” 엄마가 쇼의 머리를 쓰다듬었다.

"미하루가 태어났을 때 마나부는 고등학생이고 츠토무는 요코 정도였으니까, 그 나이 남자아이가 집안일을 도울 리 없지." 마나부는 요코의 아버지이고, 츠토무는 작은아버지다. 미하루 씨를 포함해 이렇게 삼남매다. "그래서 히나인형을 여름방학이 지날 때까지 계속 장식했어."

할머니의 이야기를 들으면서 요코는 전에 숙부가 보여준 사진을 떠올렸다. 툇마루에서 불꽃놀이를 하고 있는 삼남매의 사진이었다. 이미 어른의 윤곽이 나타난 아버지의 무릎에 쇼보다도 훨씬 작은 미하루 씨가 앉아 있고 두 사람 곁에는 머리를 박박 민 츠토무 숙부가 서 있었다. 셋이서 더할 나위 없이 즐거운 듯 웃고 있었다. 반팔과 반바지를 입은 그들 뒤에는 히나인형이 장식되어 있었다.

"이제 와서 서둘러 치운다 뭐라 해도 어쩔 도리는 없지만, 이렇게 두 개나 장식한 채로 두면 거실을 쓸 수 없어. 손님도 부를 수 없고."

할머니는 몇 개의 인형이 들어간 상자를 영차, 하고 들어올렸다.

"제가 할게요." 요코가 손을 내밀었다.

"괜찮아, 미하루." 할머니가 요코에게 말했다.

“미하루 씨가 아니고…….” 이렇게 말하려는 쇼의 입을 엄마가 손으로 막았다.

상자를 안은 할머니가 “어머!” 하고 목소리를 높였다.

“왜 그러세요?” 엄마가 걱정스러운 얼굴로 물었다.

“이런, 누가 불을 끈 거니?” 불을 끄든 말든 아직 환한 거실이었다. “깜깜해서 아무것도 안 보여.” 말은 거기서 뚝 끊겼다. 할머니는 앞으로 고꾸라지고 상자에 머리를 부딪쳤다.

병원으로 옮겼지만 의식은 돌아오지 않았다. 거의 한 달쯤 뒤, 만우절 밤에 할머니는 조용히 숨을 거두었다.

향년 68세였다.

병원에서 요코는 처음으로 아버지가 우는 모습을 보았다. 소리 내지 않고 그저 뚝뚝 눈물을 흘릴 뿐이었다. 요코도 울었다. 자동차로 달려온 츠토무 숙부도 울었다. 형제가 눈물을 흘리는 방식은 같았다. 침대를 끼고 둘은 잠시 그대로 있었다.

어딘가에서, 쉭 하는 소리가 들렸다. 미하루 씨였다. 성냥을 당겨 담배에 불을 붙이고 있었다.

“무, 무슨 짓을 하는 거야, 너.” 아버지가 흐느껴 울면서 목소리를 쥐어짰다.

“어, 여기 금연이야?” 미하루 씨의 무신경한 목소리가 병실에 울렸다.

"이해가 안 돼. 정말 웃겨."

미하루 씨 불평하는 소리가 등 뒤에서 들려왔다. 이때 흥미를 보여서는 안 된다. 뭐가? 라고 물으면 그것으로 끝. 미하루 씨의 이야기를 다 들어야 되고 만다. 이렇게 생각하면서도 책상에서 책을 읽고 있던 요코는 슬쩍 뒤를 보았다.

미하루 씨의 발이 눈에 들어왔다. 검은 스타킹을 신은 잘 빠진 양 다리가 곧장 올려져 발톱 끝이 천정을 향하고 있었다. 원피스 자락은 허벅지까지 감겨 올라가 상당히 볼썽사납다. 금연파이프는 입에 물고 있지 않았다.

"뭘 하는 거야?" 요코는 무심코 묻고 말았다.

"혈액순환 되라고." 이렇게 대답하고 미하루 씨는 발을 내렸다.

"이 방에 담배 없어?"

"내 방에 담배 같은 게 있을 리 없지."

"부모님 몰래 피우지 않아?"

방 한구석에서 〈모〉를 읽고 있던 쇼가 놀라 얼굴을 들었다. "바보 같은 소리하지 마."

"쳇!" 혀를 차면서 미하루 씨는 상반신을 일으켰다. "아, 싫다. 범생이라니, 마나부 오빠랑 똑같아."

아버지와 닮았다는 말에 요코는 화가 났다. 그러나 달리 대꾸하지 않고 얼굴을 책상 쪽으로 돌렸다.

"나는?" 하고 쇼가 물었다. "나도 아빠랑 닮았어?"

쇼는 뽀얀 피부에 긴 얼굴, 가는 눈썹, 긴 속눈썹이 엄마를 닮았다. 1년 전까지는 자주 여자로 오인받기도 했었다. 성격도 온화하고 울컥 화를 내지도 않는다.

지금 열거한 말을 모두 정반대로 하면 아버지가 된다. 그런 사람과 닮았다는 말을 들었으니 기분이 좋을 리 없다. 슬프게도 그것은 미하루 씨만의 의견이 아니다. 대개의 사람들이 그렇게 말했다.

엄마와 닮았다는 말을 들은 쇼는 빙그레 웃고 다시 〈모〉를 읽기 시작했다. 저 취미만은 엄마를 닮지 않았다. 아버지를 닮은 것도 아니다. 학교 친구의 영향일까. 잡지와 책을 읽는 것까지는 좋다. 그런데 때때로 마당에서 하늘을 올려다보고 괴상한 주문을 외기도 한다. 그런 때는 누나로서 동생의 머리를 쥐어박고 팔을 잡아 집 안으로 끌어들였다.

"미안한데, 요코든 쇼든 누구든 좋으니까, 내 부탁 좀 들어줄래?"

미하루 씨의 목소리에 묘한 콧소리가 들어가 있었다.

"싫어." 〈모〉에서 시선을 떼지 않고 쇼가 말했다.

"뭐야, 들어보지도 않고 거절하기야?"

"그렇게 애원하는 소리를 낼 때는 완전 쓸데없는 부탁일걸 뭐."

쇼의 말이 맞다. 요코도 "동감." 하고 수긍했다.

"꼭 해줬으면 하는 일이 있어서 그래. 아주 간단한 거야."

"간단한 거?" 쇼는 얼굴을 들었다. "더 수상해."

"어린애가 사람을 믿지 못하다니, 그건 좋지 않아."

그렇지만 요코도 쇼도 미하루 씨를 상대하지 않았다. 그러나 포기할 사람이 아니다.

"너희 기분을 잘 알았어." 손바닥을 크게 펴고 오른손을 내밀었다. "500엔 줄게."

"고작 500엔?" 쇼는 미하루 씨를 동정하듯 쳐다보았다.

"뭐야, 너희들. 언제 그렇게 비싸졌어?" 아니다. 미하루 씨가 쩨쩨한 것이다. "나로서는 상당히 선심 쓴 건데."

"저기, 뭘 하면 되는데?" 무시하겠다고 다짐하고 있었건만 참지 못하고 요코는 묻고 말았다.

쇼의 시선을 느낀다. '괜찮겠어, 누나?' 하고 묻고 싶은 것이겠지. 500엔을 받고 싶어서가 아니다. 미하루 씨를 상대로 하면 늘 이렇다. 결국은 페이스에 말려들고 만다.

"흐흐, 저기 말이야……."

미하루 씨의 이야기는 이러했다.

담배를 사러 가고 싶은데, 그러기 위해서는 거실을 가로질러 현관으로 나가야 한다. 그런데 그렇게 하면 사람들 눈에 띌 것이다. 역시 도망쳐 왔구나, 이야기를 들으면서 요코는 생각했다. 이 방 창문을 통해 밖으로 빠져나갈 생각인데, 그러기 위해서는 신발이 있어야 한다. 따라서 샌들을 가지고 오길 바란다.

"안 돼." 요코는 곧바로 거절했다. "쇼든 나든 집 안에서 샌들을 들고 다니면 이상하잖아. 아버지나 엄마에게 당장 들킬 거야."

"그래." 미하루 씨는 무릎을 끌어안았다.

쇼가 일어서며 말했다. "집 안을 지나지 않으면 되잖아. 이렇게 하는 건 어때?"

"내가 생각해 냈으니까 누나가 해!" 쇼가 말했다.

요코는 억지로 일어섰다. 문을 열고 부엌으로 나가 마루 쪽으로 돌았다. 좁은 마당과 복도, 그리고 네 평 정도의 거실과 현관을 상복을 제복으로 입은 장의사들이 바삐 오가고 있었다.

"지나갑시다."

복도를 걷고 있자니 생화를 들고 마당에서 들어오던 사람에게 장애물 취급을 받고 말았다.

한 달 전까지만 해도 히나인형이 장식되어 있던 거실은 이제 완전히 바뀌어 있었다. 흰색과 검은색 막이 드리워지고 멋진 제단이 차려졌으며 제단에는 할머니의 사진이 세워져 있었다. 눈을 크게 뜨고 조금 놀란 듯한. '뭐야, 모두 뭘 하는 거지? 나의 장례식? 싫다, 농담하지 말라고.' 그렇게 말하는 듯한 얼굴이다.

약 2년 전부터 요코를 미하루로 착각해서 부르는 횟수가 늘었었다. 처음에는 아니라고 말하면 얼굴을 붉히며 웃었는데, 어느 사이엔가 정정해도 듣지 않았다.

작년 말인가 올 초의 일이다. 요코가 마루에서 책을 읽고 있으니, 평소처럼 미하루라고 부르며 말을 건네왔다.

"너는 말이지, 언제까지고 이 집에 있어라. 여기는 너의 집이니까." 그런 후 미소를 지었다.

평소 미하루 씨에게 빨리 시집가야 한다, 이대로 있다가는 혼자 살게 된다며 잔소리하던 할머니라고는 생각할 수 없을 정도로 온화하게 웃었다.

거실 구석에 아버지와 츠토무 숙부가 나란히 서 있었다. 제단 쪽을 향해 있어서 요코를 보지 못했다.

"다른 사진 없어? 왠지 영정사진 같지 않아." 츠토무 숙부가 말하는 소리가 들렸다.

"저것이 좋대." 아버지가 대답했다.

"누가?"

"어머니 당신이, 작년 이맘때 즈음 말했어."

"알고 있었을까?"

"글쎄."

요코는 혹시 엄마가 내려올지 몰라 곁눈으로 거실 계단을 올려다보았다. 아무도 없었다.

현관까지 도착해 신발장을 열었다. 미하루 씨의 샌들은 바로 앞에 있어서 꺼내기도 쉬웠다. 그것을 한 손에 들고 구두를 신고 문을 열려고 했다.

요즘 이 문 상태가 좋지 않다. 열릴 때 이상한 소리가 나지 않도록 해야지, 그렇게 생각하고 있는데, 무슨 일인지 문은 요코가 힘을 주지 않았는데도 저절로 열렸다.

"아, 깜짝이야!" 들어온 것은 츠토무 숙부의 외아들인, 사촌오빠 지유였다. 요코보다 네 살 위로 올해 고교 2학년이다.

"뭐야, 공주니?"

요코를 공주라고 부르는 것은 지유뿐이다. 부끄럽다. 그래도 조금 기쁘다.

"으응." 요코는 미하루 씨의 샌들을 황급히 뒤로 숨겼다.

"뭐야, 그 모습은?" 지유가 물었다.

"아버지가 경야와 장례식에는 이렇게 교복을 입고 있으라고 해서."

"입학식 하기도 전에 경야와 장례식에서 입게 된 거야? 가엽게시리."

지유는 정말 가엽다는 얼굴을 했다. 니트 모자에 하이넥의 스웨터, 두툼한 재킷에 등산화를 신고 커다란 가방을 짊어지고 있었다. 아무리 봐도 경야와 장례식에 참석하는 복장으로는 보이지 않았다.

"어디 갔다 와?"

"등산부 합숙에서 돌아오는 길이야. 집보다 이쪽이 가까우니까. 엄마에게 교복을 가지고 와달라고 했어." 지유는 현관에 가방을 툭 내려놓고 신발을 벗기 시작했다. "어제 아침에 합숙소로 엄마가 전화를 했거든. 한 달이나 의식이 없었기 때문에 각오하고 있었지만, 역시 돌아가셨냐고 물으니 말을 못하더라고. 공주는 임종 때 곁에 있었지?"

침대에 누워서 창백한 얼굴을 한 할머니를 떠올렸다. 그런데도 요코는 아직 그 죽음을 현실로 받아들일 수 없다. 경야 준비로 부산한 집 안을 가로질러도, 할머니 영정을 봐도. 할머니가 이제 이 세상에 없다니, 믿을 수 없다.

"미하루 씨는 괜찮아?"

"뭐?" 등 뒤에 숨긴 샌들을 세게 다시 쥐었다. "괜찮고말고."

"정신을 잃거나 하지 않았어? 할머니가 돌아가셨을 때."

"병실에서 담배를 피우려고 해서 아버지와 츠토무 숙부한테 굉장히 혼났어."

지유는 놀란 표정을 지었다.

요코의 방 창문은 이미 열려 있고, 미하루 씨가 얼굴을 내밀고 있었다. "아주 잘했어."라며 웃었다. 나이 든 어른이 참 천진난만하다. 지유가 훨씬 어른처럼 보인다. 미하루 씨의 용모는 스무 살 정도에서 멈춘 듯하다. 피부가 살짝 안 좋아지기는 했지만 그거야 어쩔 수 없다. 결혼을 하지 않아서 젊어 보이는 것일까.

요코는 전에 미하루 씨에게 왜 결혼하지 않느냐고 물은 적이 있었다.

"그거야, 이 집에 있는 게 좋으니까." 미하루 씨는 그렇게 대답했다. 의외다. 아버지와 돌아가신 할머니, 아주 때때로 요코의 엄마까지 잔소리하거나 혼내거나 하는데도 여기 있는 게 좋다니 믿을 수 없다.

어른들이 화내도 혀를 내밀며 웃을 수 있는 미하루 씨가 요코는 조금 좋았다. 그렇기 때문에 이렇게 샌들도 가지고 온 것이다. "자!"

미하루 씨는 창틀에 엉덩이를 얹고 나서 몸을 조금 비틀어 양쪽 발을 밖으로 내밀었다. 그리고 요코에게 "신겨!" 하고 명령했다. 검은 스타킹에 싸인 다리는 아름다워서 건드리는 데 조금 주저될 정도였다. 곧 양발에 샌들을 신겨주었다.

"고마워." 미하루 씨는 폴짝 뛰어내렸다. "잠깐 다녀올게."

그리고 미하루 씨는 그대로 행방을 감췄다. 할머니의 경야에도 장례식에도 참석하지 않았다.

모두 화가 났지만, 특히 아버지가 불같이 화를 냈다. "바보 같으니라고!" 아버지는 몇 번이나 말했다. "도대체 어쩔 셈이야."

요코도 쇼도 도망을 도운 꼴이라 잠자코 있었다. 서로 그러기로 약속한 것은 아니다. 도무지 말할 수 있는 분위기가 아니었고, 만일 말한다 해도 결국 우리만 아버지에게 꾸중을 듣게 된다는 것을 서로 알았다.

500엔은 결국, 받지 못했다.

3일 후 요코의 중학교 입학식이었다. 저녁에 네 가족이 역 앞 상점가에 있는 음식점 마키노즈시에 갔다. 축하할 일이 있을 때면 꼭 그곳에 가는 것이 이 집 규칙이다. 지난번에는 쇼가 시짓기 콩쿠르에서 시장상을 받았을 때이니, 작년 12월이었다.

할머니가 작품 콩쿠르의 소책자를 받아와서 마키노즈시 주인에게 읽어보라고 했던 것이 생각난다. "그만두세요!" 쇼는 화를 냈다. "화낼 일 아니잖아." 하며 계속해서 읽어보라고 하는 할머니에게서 쇼는 소책자를 빼앗았다. 50년 이상 나이 차이가 나는 둘은 진짜로 싸우기 시작했다. 아버지와 엄마가 달래고 미하루 씨는 재미있다는 듯이 지켜보고 있었다.

"요코도 그 교복을 입게 되었구나. 세월 참 빠르네."

마키노즈시 주인이 카운터 저편에서 다랑어를 만지면서 말했다. 그도 오타 양품점의 점장과 마찬가지로 아버지와 초중등학교 동기생이다.

"미하루짱의 세일러복은 지금도 기억해. 아주 귀여웠지."

미하루 씨의 이름이 나온 순간, 아버지의 표정이 바뀌었다. 맥주를 두 잔 정도 마셔서 이미 얼굴이 새빨갰다. "요코가 더 귀여워."라며 쓸데없는 말까지 했다.

"요코짱도 귀엽지. 하지만 미하루짱은 뭐라고 할까, 각별

했어." 거기까지 말하고 나서 주인은 아버지가 자신을 노려보고 있다는 사실을 알아차렸다. "저기, 응, 하하. 쇼, 너는 고추냉이 뺀 걸 좋아했지?"

아버지는 굉장히 언짢아졌다. 집으로 돌아오는 길에 아버지의 목소리가 띄엄띄엄 들려왔다. "그 바보가 어머니 장례식에 참석하지 않다니." 혼잣말이 큰 것은 미하루 씨와 똑같다.

"어, 저기!" 쇼가 집으로 향한 길모퉁이를 손가락으로 가리키며 소리쳤다. "미하루 씨다!"

분명 그랬다. 담배를 사오겠다며 나갔을 때 입었던 상복을 그대로 입고 있었다. 샌들도 마찬가지다. 단지 맨손은 아니었다. 커다란 종이 가방을 몇 개나 들고 있었다. 멀건이 서 있던 미하루 씨는 요코와 쇼를 알아보고 크게 손을 흔들었다.

"너! 어디에 갔었던 거야?" 목청을 높이면서 아버지가 달리기 시작했다. 엄마가 당황해서 그 뒤를 쫓았다. 요코도 쇼도 따라서 달렸다. 손을 흔들던 미하루 씨는 아버지의 노기 가득한 포효에 두려움을 느낀 듯, 종이 가방을 내팽개치고 빙그르 방향을 바꿔 도망쳤다.

가족 다섯이 마을을 세 바퀴 정도 돌았을까? 맨 처음 녹초가 된 것은 아버지였다. "화 내지 않을 테니 돌아와." 달리기를 멈추고 숨을 몰아쉬며 소리쳤다. 그 뒤에서 엄마도 요코도 쇼도 멈춰서 쌕쌕 숨을 헐떡였다. 테니스 코트장 옆길은 포장이 되어 있지 않고 가로등도 없다. 개와 산책 나온 아줌마가 요코 일행을 보지 않으려 외면하며 잰걸음으로 사라져갔다.

샌들을 벗어던진 맨발의 미하루 씨도 멈춰 서서 이쪽을 보았다.

"정말 화 안 내?"

"그래." 아버지는 그 자리에 주저앉아버렸다. "그런데, 한 가지만 물어볼게. 너 어디에 갔었던 거야?"

미하루 씨는 조금 주저한 뒤 대답했다. "교토와 나라."

"뭐? 수학여행 코스를?" 아버지는 뭔가를 알아차린 듯, "수학여행······." 하고 속삭였다.

"선물 사왔어, 오빠."

달빛 아래, 거리도 떨어져 있고 어두워서 분명히 볼 수는 없었지만, 미하루 씨는 그렇게 말하면서 쓸쓸한 얼굴을 하고 있는 것 같았다.

"문 열어, 요코. 안 자지? 빨리 열어, 빨리 빨리."

부엌 쪽 문 너머에서 미하루 씨의 목소리가 들렸다. 마치 누군가에게 쫓기고 있는 듯하다.

요코는 이부자리에서 뛰쳐나와 문을 열었다.

"어서 비켜봐."

미하루 씨는 이부자리를 한 아름 안고 있었다. 1층과 2층을 오가는 것이 귀찮았던 모양이다. 요코가 비키기도 전에 이불은 주르륵 미하루 씨의 양손에서 도망치듯이 아래로 떨어졌다. 아아, 미하루 씨가 한숨 섞인 소리를 냈다.

"왜 그래?"

"잠이 오지 않아서."

미하루 씨는 요코 곁에 이불을 깔았다. 이런 일은 때때로 있었다. 요코가 미하루 씨의 방에서 자기도 하니, 서로 마찬가지다.

"미하루 씨, 술 냄새 나."

"좀 전에 자려고 마셨어. 오빠의 잭다니엘 한 잔. 그런데도 잠이 안 와."

머리맡의 전기스탠드를 끄자 방은 온통 깜깜했다. 어둠이 눈에 익자 벽에 걸려 있는 세일러복이 흐릿하게 떠올랐다.

"미안해, 요코."

문득 미하루 씨가 말했다.

"뭐가?"

"너한테는 야츠하시(교토의 명물 화과자)를 익히지 않은 걸로 사왔어야 했는데, 구운 걸 사와서."

"구운 것도 맛있었어."

침묵이 찾아왔다. 잠이 들었나, 생각할 때 미하루 씨가 꼼지락거리는 게 보였다.

"미하루 씨, 안 자?"

"아아, 미안." 그녀는 다시 한 번 사과했다. "움직이지 않도록 할게."

"저기, 한 가지 물어봐도 돼?"

"응."

"처음부터 교토와 나라에 갈 생각으로 나한테 샌들을 갖다 달라고 한 거였어?"

"처음에는 담배를 살 생각이었는데, 마음이 바뀌어서 그곳에 간 거야." 마음이 바뀌어도 너무 지나치다. "아르바이트 하는 헌책방 주인 아줌마한테 5만 엔 빌려서 갔지."

"그런데 왜?" 교토와 나라인 거냐고, 묻기 전에 미하루 씨가 대답했다.

"엄마와 함께 간 적이 있어."

"할머니?"

"그래. 네가 다닐 제3중학교는 3학년 6월에 수학여행이 있어. 그런데 그때 나, 배가 아파서 못 갔었거든."

수학여행. 아버지가 중얼거리던 말이 떠올랐다.

"그 해 여름방학에 엄마가 데리고 가주었어. 수학여행과 완전히 같은 코스로. 여관도 같은 곳으로."

처음 듣는 이야기였다.

"산주산겐도(교토에 있는 불당)도 기요미즈테라(교토에 있는 사원)도 나라의 대불도 전부 엄마와 함께 봤어. 엄마, 정말 굉장했어. 가는 곳곳마다 설명을 해줬어. 나를 위해서 공부했대. 밤에는 베개 던지기 놀이도 하고."

"베개 던지기?"

"그래. 어떻게 가지고 왔는지는 모르지만, 목욕탕에서 나오니까 방에 베개가 쌓여 있고, 엄마가 베개 던지기를 하자고 했어. 바보 같아서 싫다고 하니까, 삐졌어. 하는 수 없이 베개를 하나 던져주었지. 그랬더니 이번에는 화를 내잖아, 부모한테 누가 이러냐면서. 당신이 하자고 해놓고선. 그러고는 베개를 있는 힘껏 던지는 거야. 그거 굉장히 아팠어. 엄마는 흥이 났는지 몇 개를 더 던졌고, 분해서 나도 전부 다시 던져주었지. 뭐, 결국 한 셈이야. 엄마와 딸 둘이서 베개 던지기를. 바보 같지?"

이야기가 끊겼다. 코를 훌쩍이는 소리가 어둠을 울렸다.

"그때와 완전히 같은 코스도 아니고 여관도 달랐지만, 엄마와 함께 갔던 곳에 갔었어. 낯선 장의사가 마련한 장례식에 참석하는 것보다는 그쪽이 나한테 훨씬, 훨씬……."

그리고 더는 말을 잇지 못했다. 요코도 베개에 얼굴을 묻고, 조용히 울었다.

"엄마, 엄마."

미하루 씨가 몇 번이고 몇 번이고 중얼거리는 소리가 들렸다.

"엄마, 엄마."

몇 번이고. 몇 번이고.

제2화 젠가

요코는 욕실에서 나오면 항상 부엌에서 우유를 마신다. 어린 시절부터 애용하고 있는 플라스틱 컵에 우유를 따르고 있을 때 현관 옆에 놓인 전화기가 울렸다.

시계는 이미 9시를 지나고 있었다. 늦은 밤이라고 할 수는 없지만 이 시간에 누구일까, 요코는 생각하면서 수화기를 들었다.

"여보세요."

"미하루?" 남자다.

"아니, 저……."

"내일, 좋지?" 달콤하고 야릇한 목소리다. 요코의 등줄기로 찬 기운이 지나가는 듯했다.

"저는 미하루 씨가 아닌데요?" 그렇게 말하는 것이 고작이었다.

미하루 씨가 홀연히 얼굴을 내밀었다. 목 부분이 늘어진 노란색 티셔츠를 입고 줄무늬가 들어간 한텐(길이가 짧은 상의)을 입고 있었다. 아래는 붉은색 면바지다. 무릎 부근이 닳아 찢어져 있었다. 막 욕실에서 나온 여자임에도 섹시함이라고는 눈곱만큼도 없다.

요코는 수화기를 내밀었다.

"나?"

"그래. 남자야."

"아, 벌써 9시가 되었나." 미하루 씨는 수화기를 받아들고 귀에 댔다. "여보세요. 아아, 미안. 언제? 조카."

흥미는 있다. 그러나 우두커니 서서 듣고 있을 수는 없다. 요코는 컵을 들고 미하루 씨 앞을 지나 방문을 열었다.

"응. 그러니까 내일은 안 돼. 뭐? 그래. 전에도 말했잖아."

요코의 방과 부엌 사이에는 문 하나밖에 없다. 귀를 쫑긋 세우지 않더라도 미하루 씨의 목소리가 새어 들어온다.

내일은 황금연휴의 첫날이다. 가족 모두 유원지로 놀러가기로 되어 있다. 쇼가 상점가의 추첨 이벤트에 당첨되어 초대권이 생겼다. 다섯 명까지 입장료가 공짜, 놀이기구도 하루 종일 마음대로 탈 수 있다. 미하루 씨도 갈 것이다.

"아니야. 어떻게 그런 어린애 같은 말을 할 수 있어?"

평소 목소리와 다르다.

미하루 씨는 거의 매일 10시에, 주말과 공휴일도 없이 아르바이트하는 마쿠아이도 서점에 전화를 걸어 "오늘 내가 필요한가요?" 하고 묻는다. 그럴 때는 어처구니없이 목소리가 크다. 그런데 그것과 전혀 다른 목소리다.

여자의 목소리다. 미하루 씨는 분명히 여자다. 그러나 여자답지는 않다. 남자답다고 말하는 것은 물론 아니다. 남녀의 성별을 초월한 다른 생물인 것이다. 그런데 지금 들려오는 목소리는 명백히 여자의 목소리였다.

"알았어. 어떻게든 해보겠지만 기대하지는 마."

요코는 온몸의 털이 섰다. '도저히'까지는 아니지만 듣고 있을 수 없다. 책장 옆에 있는 카세트덱과 헤드폰을 들어 책상 위에 놓았다.

"최근 통학 전차 안에서 워크맨으로 이것만 들어. 정말 좋아. 공주도 진짜 마음에 들 거야. 이거 줄게."

할머니의 장례식 내내 울고 있던 요코가 걱정이 돼서인지 지유가 카세트테이프를 주었다. 카세트덱에 들어 있는 게 그것이다. 재생 버튼을 꾹 눌렀다. 헤드폰에서 멋진 남자의 노랫소리가 흘러나온다. 처음 들었을 때는 별로였는데, 몇 번 들어보니 좋다는 것을 알았다. 아니, 알 것 같다.

지유 오빠가 좋아하는 것이니 틀림없이 좋을 거야. 요코는 책상에 엎어져 음악을 들었다. 이러고 있으니 지유와 맺어져 있는 듯하다. 기분이 최고다.

두 번째 곡이 시작되었을 때, 누군가가 등을 쳤다.

아악, 비명을 지르고 돌아보니 미하루 씨였다. "뭐야?" 하고 묻는 요코의 귀에서 헤드폰을 벗기고 카세트덱의 정치 버튼을 찰칵 하고 눌렀다.

"이 카세트덱, 츠토무 오빠 거잖아?"

"이미 오래 전에 물려받았는걸."

"요즘은 크기도 작고 더 좋은 게 많은데."

"나는 큰 이것이 좋아."

고집부리는 게 아니다. 진심으로 그렇게 생각한다.

"2층으로 갈까?"

"왜?"

"아르바이트하는 데서 재미있는 거 받아왔거든."

2층에 방 두 개가 증축된 것은 요코의 엄마가 시집왔을 때다.

계단을 올라 바로 앞에 있는 방은 할아버지와 할머니의 침실로, 할아버지가 돌아가신 후부터는 할머니가 혼자서 사용하고 있었다. 일시적으로 1층의 요코 방과 바꾸자는 이야기도 있었지만 할머니가 귀찮다며 흘려버렸다.

그 할머니도 돌아가시고 지금은 아무도 사용하지 않는다. 가까운 미래에는 아직까지도 부모님과 함께 자는 동생의 방이 될 것이다. 당장이라도 사용하면 되지만 쇼는 그것을 떨떠름해 했다.

안쪽 방이 미하루 씨의 방이다. 요코와 마찬가지로 2평 반 남짓인데 더 넓게 느껴지는 것은 방 안에 아무것도 없기 때문이다. 책장도 없고 서랍장도 없다. 책을 사도 아버지나 요코의 책장에 꽂는다. 옷도 마찬가지로 돌아가신 할머니 옷장에 넣는다.

책상도 없다. 옛날부터 없었다. 학교 숙제나 공부는 부엌의 식탁에서 하든가 아버지나 숙부의 방에서 엎드려 했다고 한다. 책상에 앉으면 금방 잠들고, 누군가 지켜보지 않으면 곧 딴 짓하기 때문이라는 것이 미하루 씨의 말이었다. 이렇게도 말했다. "특별히 내 방을 갖고 싶지 않았어."

다다미방 한가운데에 탑이 세워져 있었다. 높이는 30센티미터로 직육면체의 나무 조각이 겹쳐서 층을 이루고 있다. '재미있는 것'이란 이것이었다.

40

"젠가라고 하는 거야. 이 나무 조각을 번갈아 하나씩 빼내면서 균형을 무너뜨리다가 쓰러뜨리면 지는 거야."

"으흠." 미하루 씨의 설명에 흥미 없다는 듯이 대답했지만 요코는 이미 하고 싶은 마음이 생겼다. "이런 걸 왜 가져온 거야?"

"책을 팔러 온 손님이 돈은 필요 없으니까 이것도 받아달라면서 놓고 갔어. 아줌마가 필요하냐고 묻기에 받아왔지."

마쿠아이도 서점은 헌책방이다. 미하루 씨는 주로 이 서점을 지키고 있다. 단기대학에 재학하던 때부터 시작했으니 10년은 되지 않았더라도 8, 9년은 일하고 있는 셈이다. 좀 제대로 된 일을 하라며 화를 내던 아버지도 최근에는 아무 말도 하지 않았다. 생각해 보면, 미하루 씨가 제대로 된 일 같은 것을 한다면 오히려 남들에게 폐만 끼칠 뿐이다.

"시작할까?" 미하루 씨는 어디에서 꺼냈는지 금연파이프를 물고 있었다.

게임은 예상 외로 즐거웠다. 처음에는 둘 다 금방 탑을 쓰러뜨렸지만, 반복하는 동안에 요령을 파악하고 오랫동안 버틸 수 있게 되었다. 이쯤에서 내기를 하자며 말을 꺼내는 사람이 미하루 씨다.

"지금부터 세 번 이기는 사람이 고기만두 얻어먹는 거다.

큰길로 가는 모퉁이에 편의점이 생겼지? 거기서 사오면 돼.”

“벌써 11시가 넘었어.”

“거긴 새벽 1시까지 해.”

그런 문제가 아니다.

“이런 시간에 밖에 나가면 아버지한테 혼날 거야.”

“네가 지면 같이 가줄게. 그러니까 하자, 응?”

결과는 요코의 승리였다.

“밖이 추우니까 카디건 입고 와.”

“나도 가는 거야?” 요코는 놀랐다.

“젊디젊은 여자를 홀로 밤거리에 내몰겠다고? 네가 지면 내가 함께 가겠다고 했었지? 그건 내가 질 때는 네가 따라와야 한다는 거야.”

“됐어, 다른 날 해.” 하며 일어서는 요코의 팔을 미하루 씨가 꼭 잡았다. “오늘 빚은 오늘 중에 갚아야지. 자, 봐 오늘도 끝나려고 해.” 4월 28일은 15분 정도가 남아 있었다.

“알았어. 가. 됐지?”

다음날 눈을 뜨니 온몸에 땀이 나 있었다. 일어서려고 몸을 일으키니 현기증이 났다. 머리가 무겁고 뜨겁다. 다시 드러누웠다. 이거 불길하다.

“요코, 일어나라.” 엄마가 방에 들어와 덧문을 열었다. “날씨가 좋구나.”

엄마가 요코의 상태를 알아차렸다. “안색이 나쁘네. 무슨 일이야?”

대답하려고 했지만 말이 잘 나오질 않았다. 엄마는 쪼그리고 앉아서 요코의 이마에 손을 갖다 댔다. 엄마의 시원한 손이 닿자 기분 좋았다.

“열이 굉장하네.”

엄마가 체온계를 가지고 왔다. 38도 5분이었다.

“여보! 저기요!” 엄마가 부르자 졸린 듯한 얼굴로 아버지가 나타났다. “요코가 감기에 걸린 것 같아요.”

“나스비에게 전화할까?”

나스비란 나스 의원의 원장 선생님이다. 아버지의 초중등학교 시절 동급생이기도 하다. 이 마을의 어른들 대부분이 아버지의 선배나 동기생이거나 후배다. 그중에는 첫사랑도 있을지 모른다. 단, 엄마는 다른 마을 사람이다.

“오늘, 휴일이잖아요.” 엄마가 말했다. “진찰할까요?”

“내가 전화하면 달려오겠지. 기다려.”

아버지는 부엌으로 갔다. 문은 반 정도 열려 있는 채다.

“누나 감기야?”

식탁에 앉은 쇼가 요코의 눈에 살짝 보였다.

"아, 여보세요!" 아버지가 말하는 소리가 들렸다. 전화의 위치는 엄마에게 가려 보이지 않는다.

"나스비? 아아, 나야." 나야, 로 통하는 것이 역시 30년지기다. "요코가 감기에 걸렸어. 보러와 줘. 뭐? 열? 여보, 열은 몇 도야?"

"38도 5분이에요." 엄마가 목소리를 높여 대답했다.

"38도 5분이래. 기침은 하지 않아. 여하튼 빨리 와줘. 보고 주사도 놔주면 좋겠지."

"뭐? 왜 그래?" 미하루 씨다. 어디에 있는 걸까.

"주사를 놔도 금방은 좋아지지 않아요." 엄마는 다시 요코의 이마를 만졌다.

"도대체가……." 우당탕탕 소리를 내며 아버지가 돌아왔다. "나스비 녀석, 황금연휴를 괌에서 보낸다네. 수영도 못하는 주제에 스쿠버다이빙을 하러 간다니, 빠져서는." 숨을 헐떡이는 아버지가 요코의 머리맡에 앉았다. "나리타 공항으로 출발하려고 한다 해서 도중에 들렀다가 가라고 했어. 10분 안에 도착할 거야."

"우리, 유원지에 가는 거 맞죠?" 쇼의 목소리가 날카로워졌다. "그 무료초대권 4월 말까지라, 오늘 지나면 쓸모없어져요."

"나는 괜찮으니." 요코는 아무렇지 않게 말했다. "모두 다 녀와. 나, 자고 있을게."

"그렇지만……." 엄마는 당황한 기색이다.

"내가 당첨된 거라고!" 의자에 앉은 쇼의 양발이 버둥거렸다.

어젯밤 밖에 나갔던 것이 좋지 않았다. 미하루 씨가 데려간 거지만 거절하지 못한 자신이 나빴다고 요코는 열에 들뜬 머리로 멍하니 생각했다.

끼이익. 현관문 소리가 났다.

"안녕하세요!"

"오, 나스비. 아주 잘 왔어. 이쪽이야, 이쪽. 빨리 들어오게." 아버지는 큰 소리로 말했다.

"아니, 나스비, 그 꼴은……."

아버지가 어이없다는 얼굴을 한 것도 무리는 아니다. 나스비 선생님은 훌라 댄스를 추고 있는 여자가 그려진 알로하 셔츠를 입고 있었다. 그것만이라면 그래도 낫다. 포마드를 듬뿍 바른 머리에는 선글라스가 얹혀 있고 목에는 카메라가 매달려 있었다. 아버지뿐 아니라 모두가 어이없어했다.

"말했잖아, 꽝에 갈 거라고." 나스 선생님은 무뚝뚝한 표정으로 앉았다. 가져온 까만 가죽가방 안에서 진찰용 도구를 몇 개 꺼냈다. "아내와 아들 녀석은 먼저 갔네."

"괌에 가는 것도 좋고, 맥주병인 자네가 스쿠버다이빙을 하는 것도 좋아. 그렇지만 그 몰골은 괌에 가서 해야 하는 거 아닌가."

"옛날 5학년 때 담임이었던 오이시 선생님이 말씀하셨잖아." 하고 말하는 나스 선생님. 둘 다 어린애 같다. "집에 돌아올 때까지 소풍이라고. 나는 집을 떠날 때부터 괌 여행이야. 그러니까 이런 몰골이라도 좋아. 그런데 급한 환자라니, 기운 빠지네. 아, 싫다."

나스 선생님은 요코의 시선을 알아차리고 입을 다물었다.

"요코짱을 나무라는 건 아니야. 그런데 열이 몇 도라고 했지?"

"38도 5분이에요." 엄마가 대답했다.

"자 입을 크게 아~ 하고 벌려라." 나스 선생님은 펜라이트 같은 것으로 누워 있는 요코의 입 안을 들여다보았다. "빨갛게 부었네. 침을 삼킬 때 아프지?"

요코는 꾸벅 고개를 끄덕였다. 나스 선생님은 이불을 벗기고 말했다.

"옷을 올려줄래?"

다음 순간 탁! 하는 소리가 들렸다.

"아이코, 아파. 마나부!" 나스 선생님이 아버지에게 맞은 뒤 통수를 문질렀다.

"우리 딸, 벗겨서 뭘 어쩌겠다는 거야?"

"어쩐다니?" 나스 선생님은 청진기를 썼다. 알로하 셔츠에 청진기는 영 어울리지 않는다. "당연히 진찰해야지."

"입 안을 들여다봤으니 대충 알 거 아니야?"

"그런 게 아니야."

"그럼 뭐라는 거야?"

어머나, 아버지는 선생님의 멱살을 잡고 있다.

"이게 무슨 짓이에요, 마나부 씨!"

엄마의 날카로운 목소리가 공중을 가른다. 엄마가 아버지의 이름을 부르는 것은, 정말로 화가 났을 때다.

부엌에 있는 쇼의 다리가 시야에 들어왔다. 이제는 버둥거리지 않는다.

아버지는 나스 선생님에게서 손을 놓았다.

요코도 모두 앞에서 가슴을 드러내고 싶진 않다. 아버지와 같은 나이의 아저씨 손이 닿는 것도 원치 않는다. 진짜 싫다. 그래도 아버지처럼 분개하면 더욱 창피할 뿐이다.

"알았어. 여하튼 주사 한 대 놓을게."

나스 선생님은 청진기를 벗고 가방에 넣었다.

"오늘 하루만 견디면 나을 거야, 요코짱." 선생님은 엄마를 보았다. "처방전을 써줄 테니, 약을 받아오세요."

주사를 맞으니 열이 조금 내린 듯하다. 목의 통증도 완화되었다. 그러나 유원지에 갈 마음은 없다. 엄마가 젖은 타월을 가지고 와서 이마에 얹어주었다.

"모두들 다녀오세요." 요코가 말했지만 엄마는 받아들이지 않았다.

"안 돼. 무슨 일이 있으면 큰일이야."

"내가 남을게."

의외의 사람이 나섰다. 미하루 씨다.

"어?" 엄마가 의아한 얼굴을 했다. "괜찮겠어?"

"집 보면서 요코 간호만 하는 거라면, 쇼라도 하겠네."

"나도 집 봐야 해?" 부엌에서 쇼가 엉뚱한 소리를 한다.

"네가 안 가면, 네 엄마 아빠 둘이서만 데이트 하게 돼. 뭐, 그것도 괜찮겠지만." 미하루 씨가 웃었다. 엄마 아빠도 따라서 웃었다.

"나는 유원지에 가도 되지?" 쇼가 다짐받는다. "내가 당첨된 거니까."

“미하루 씨, 잘 부탁해.” 현관에서 엄마 목소리가 들렸다.

“즐기다 오세요. 선물도 잊지 말고요.” 미하루 씨가 대답했다.

“다녀오겠습니다.” 쇼의 목소리는 통통 튀고 있었다. 정말 즐거운 듯해서 요코는 화가 났다. 나를 생각해서라도 조금 자제해 주면 좋을 텐데.

끼이익 끽끽 덜컹.

현관문은 닫힐 때 이상한 소리를 낸다. 수리공을 부를 필요 없다면서 며칠 전에 아버지가 손본 것인데, 한층 더 상태가 나빠졌다. 그래도 집안 식구들은 아무 말도 하지 않았다. 그것을 지적하면 아버지의 기분이 상할 테고, 늘상 있는 일이라 한편에서는 포기한 것도 있었다.

세 사람이 나가자 집 안은 갑자기 조용해졌다. 창밖에서 참새 울음소리가 들려올 뿐이다.

슈슈슈슉. 미하루 씨의 발소리다. 이렇게 누워 있으니 분명히 들려온다.

아버지는 쿵쿵쿵. 엄마는 탁탁탁. 쇼는 다다다닥. 발소리에도 성격이 나온다.

그리고 미하루 씨는 슈슈슈슉.

나는 어떨까.

요코는 이마에 놓인 젖은 타월을 다시 접어 차가운 부분이
닿도록 얹었다. 자신의 불행한 운명을 저주하면서 천정을 올
려다보고 있었다.

"어때?" 미하루 씨가 다가왔다. 지금 내 불행에 직접적이
지는 않지만, 간접적인 원인은 이 사람에게 있다. "역시, 그
거야? 어젯밤에 데리고 나간 탓일까?"

뭐야, 마음에 걸린다는 건가.

어젯밤 편의점에서 고기만두는 소화에 부담스러울 것이라
면서 요코에게 아이스크림을 사주었다. 미하루 씨 것으로는
무슨 이유에서인지 연어 주먹밥을 샀다.

"아니야."

"그렇겠지. 하하. 난 카디건을 입으라고 말했는데, 입지 않
은 것은 네가 잘못한 거지."

요코가 노려보아도 미하루 씨는 안심한 표정으로 방글방글
웃었다. 진짜 짜증난다.

"식었겠지? 다시 물 묻혀 올게. 아니면 얼음으로 할까?"

미하루 씨는 요코의 이마에서 젖은 타월을 집어 들었다.

"타월이 좋아."

돌아온 미하루 씨가 얹어준 타월은 물을 꼭 짜지 않은 탓에 물이 요에 뚝뚝 떨어지고 있었다. 불평할 기운도 없다.

"너 아침보다 얼굴이 빨개. 체온 재보자. 체온계 어디에 있어? 언니가 치웠나? 잠깐만, 찾아보고 올게."

미하루 씨는 다시 사라졌다. 진짜 부산스럽다.

요코는 이마에 있는 타월을 들고 이불을 젖히고 무릎을 세우며 천천히 일어섰다. 조금 현기증이 나고 발이 후들거렸지만 어떻게든 창문으로 다가갔다. 할머니의 장례식 때 미하루 씨는 이 창문으로 도망쳐 교토와 나라에 갔었다. 그로부터 아직 한 달도 지나지 않았다.

벽에 걸려 있는 세일러복을 보았다. 할머니가 생전에 사주신 것이다. 그것이 마지막 쇼핑이 되었다. 할머니가 계셨으면 틀림없이 나를 간호해 주셨을 텐데.

창을 열자 상쾌한 바람이 들어왔다. 밖으로 손을 내밀고 쥐고 있는 타월을 꾹 비틀었다. 힘을 들이지 않았는데도 상당한 물이 나왔다.

음악이라도 들을까. 지유에게서 받은 카세트테이프. 그것이 가장 감기에 효과적일 것 같다. 카세트덱은 책장 옆에 있다.

"뭐 하니?" 미하루 씨의 날카로운 목소리가 날아왔다. "누워 있어야지, 안 돼.”

“환기 좀 시키려고.” 전혀 거짓말도 아닌 변명을 했다.

“그런 건 내가 할 테니까. 난 그거 때문에 있는 거잖아. 자자, 누워.” 다가온 미하루 씨는 요코에게 손을 뻗어왔다. “땀을 많이 흘렸네.”

젖은 타월에서 흐른 물이 얼굴 이곳저곳에 남아 있는 것을 땀으로 착각하는 모양이다. 그러나 사실 등과 겨드랑이가 땀으로 젖어 있었다.

미하루 씨는 요코가 누울 때까지 부축해 주었다. 잘하네. 간호 받는 입장에서 감탄했다.

그때 전화기가 울렸다. 미하루 씨는 잽싸게 일어서서 부엌으로 가려다가 “아참, 잊을 뻔했네. 이거.” 하고 체온계를 요코의 입에 물렸다. 집어넣었다고 해도 좋다. “가만히 있어. 알았지?”

나가면서 문을 닫으려 했지만, 잘 되지 않았다. 미하루 씨는 뒤돌아보면서 “뭐 상관없겠지.” 하고 작은 목소리로 말했다.

누워 있는 요코의 시야에서 미하루 씨는 사라졌다. 그 대신 “여보세요!” 하는 발랄한 목소리가 들렸다. 그러나 다음 순간, 목소리가 작아졌다.

상대가 누구인지 요코는 알았다. 어젯밤의 남자다. 미하루 씨의 목소리가 여자가 된다.

"아, 응. 있어. 조카가. 그래 어제 전화 받은 아이. 감기에 걸려서. 진짜야."

역시 카세트덱이 필요하다고 생각할 때, "미안, 끊을게. 그럼 안녕." 하고 미하루 씨는 전화를 끊었다. 그리고 돌아와 허리를 숙여 요코의 입에서 체온계를 뺐다.

"30, 6, 7, 8, 9. 39도? 아침보다 올랐잖아. 나스비 선생님은 대체 무슨 주사를 놓은 거야?"

미하루 씨는 체온계를 휙휙 흔들면서 일어나 다시 방을 나갔다. 이번에는 문을 잘 닫았다.

요코는 전화 상대가 마음에 걸린다.

"미하루? 내일 좋지?" 어젯밤 전화기에서 들려오던 달콤하고 나른하고 섹시한 남자 목소리가 귓속에서 되살아난다. 애인일까? 그렇다면 미하루 씨도 꽤 취향이 특이하다.

이제까지 고모에게 연애담은 좀처럼 없었다. 정말 없는 것인지 잘 숨기고 있는 것인지, 그것은 분명하지 않다.

7, 8년쯤 전에 남자를 집에 데리고 온 적이 있었다. 툇마루에서 요코와 함께 셋이 카드놀이를 했던 기억이 난다. 떠올리려고 하니 남자의 얼굴은 웬일인지 지유가 되어버린다.

생전의 할머니한테 이런 이야기를 들은 적이 있었다.

"미하루는 말이다. 중고등학교에 다닐 때 굉장히 인기가 많았단다. 학교에 갈 때면 집 앞에 남학생이 죽치고 기다리곤 했지. 그것도 한 사람이 아니었어. 서너 명이, 가끔 싸움을 벌이기도 했어. 그 옆을 미하루가 모르는 척 지나가는 거야."

정말 그랬을까? 그래서 본인에게 확인해 봤다.

"오버야, 엄마도 참. 서너 명이 아니야. 두 명뿐이었는걸. 싸움은 네 번 있었어. 첫 번째 싸움은 말려봤지만 그 후에는 귀찮아서 도망쳤어."

미하루 씨가 발로 방문을 열었다. 양손에 할머니의 이불을 안고 있었다.

작년 할머니 생신에 츠토무 숙부가 선물한, 이 집에서 가장 고급스런 이불이다. 요와 이불 모두 오리털 백 퍼센트로, 너무 푹신해서 오히려 불편하다면서 할머니는 쓰러지기 전날까지 사용했었다.

미하루 씨는 그것을 장 앞에 내려놓았다. 방문은 닫지 않은 채다.

"자, 이걸로 갈아입어."

이불 위에 놓여 있던 파자마를 내밀었다. 토끼 얼굴이 여기저기 그려져 있었다.

“이걸 입으라고?”

“내가 옛날에 입던 옷이야.”

갈아입을 파자마라면 서랍장에 있는데, 라고 요코는 생각했지만 말할 기력이 없다. 미하루 씨는 바로 그 서랍장을 여닫기 시작했다.

“속옷은 몇 번째 서랍이야? 꺼내줄게.”

“아, 아니야. 내가 할게.”

요코는 휘청거리는 다리로 미하루 씨가 있는 쪽으로 다가갔다.

“말해, 내가 꺼내줄게.”

“아니야, 정말 괜찮아.”

서랍장 앞에 서자 미하루 씨가 붙잡았다.

“이상해. 여기에 뭔가 숨겼지? 일기 같은 거.”

“아무것도 안 숨겼어. 이불이나 바꿔줘.”

정말 아무것도 숨기지 않았다. 그러나 아무리 고모라고 해도 내 것, 그것도 속옷을 찾게 하는 것은 너무 싫었다.

“어머, 싫다 얘. 요코는 신비주의구나.” 미하루 씨는 빗나간 비난을 했다. “알았어. 여자는 비밀이 있는 게 더 매력적이니까!”

그러고 나서 요코의 이불을 두 번 접어 거실로 내던지고,

할머니 것이었던 이불을 깔았다. 야무지기는커녕 허술하기 짝이 없는 미하루 씨의 작업을 곁눈으로 보면서 요코는 옷을 갈아입었다. 토끼 얼굴의 파자마는 짤막했다.

"벌써 12시가 지났는데, 너 어떻게 할래?" 벗은 파자마와 속옷을 손에 들고 미하루 씨가 물었다. "죽 쑤어줄까? 아니면 뭐 먹고 싶은 거 있어?"

"죽 쑬 줄 알아?"

"당연하지. 기다려. 맛있게 만들어줄 테니까. 자 누워 있어."

부엌에서 여러 가지 소리가 들려왔다. 때때로 미하루 씨가 "어라?" 혹은 "어디 있더라?" 하고 중얼거렸다.

어느 정도 시간이 지났는지는 모른다. 20분 혹은 30분 정도일까? 드르륵, 드륵드륵 하는 소리가 들렸다. 거실 쪽 문이 열리고 미하루 씨가 둥그런 테이블을 굴리면서 들어왔다. 접이식 다리를 펴고 이불 옆에 놓았다.

"요코, 혼자서 일어날 수 있어?"

"응, 일어날 수 있어."

"지금 죽 가져올게."

미하루 씨가 사라지고 나서 이불 끝에 앉아 둥그런 테이블을 향했다. 가족용이라서 혼자 사용하기에는 굉장히 크다. 미하루 씨와 둘이서 사용하더라도 여전히 크다.

미하루 씨는 쟁반을 가지고 돌아왔다.

영차, 사기 냄비와 밥그릇과 젓가락, 김치가 쟁반에서 둥그런 테이블로 옮겨진다. 생각해 보니, 미하루 씨가 한 요리는 처음 먹어보는 것 같다. 비록 그것이 죽이라 해도 말이다.

"자자, 어서 먹어."

작은 국자로 냄비에 있는 죽을 밥그릇에 퍼주는 미하루 씨는 평범했다. 이런 평범한 일을 이 사람도 할 수 있다니, 요코는 감동마저 느낀다.

감기 때문에 혀가 둔해져 있어서 맛은 잘 알 수 없다. 그러나 뜨거운 것만은 확실하다. 목으로 넘어갈 때 통증을 느꼈지만 꾹 참았다.

"미하루 씨가 요리를 했네."

"무시하지 마. 이 정도는 척척 하니까."

그렇다면 엄마를 도와주면 좋을 텐데.

"죽 외에 다른 요리도 할 수 있어?"

"돈가스덮밥, 새우덮밥, 계란덮밥. 치라시즈시(초밥에 생선회, 달걀지단, 야채, 김 등을 얹은 요리)도 만들 수 있어. 전부 마나부 오빠한테 배웠는걸. 이것도 그래. 마나부 오빠의 볶음밥은 그

중 최고야.”

“아버지? 아버지가 요리를?”

“너희 아버지 지방 국립대에 다녔잖아. 그 4년 동안 자취했거든.”

“아버지가 자취를?”

“뭐야, 몰랐어?”

“처음 들어.”

“내가 어렸을 때는 마나부 오빠의 볶음밥. 자주 먹었어. 내용물이 늘 적당히 바뀌는 거야. 일부러 바꾸는 게 아니라 그때그때 냉장고에 있는 걸로 만들었던 거지. 참치나 어묵 같은 걸로 만든 건 괜찮은 편이고 없을 때는 낫토나 어묵조림 같은 게 들어가곤 했어. 마요네즈만 넣었던 적도 있고.”

“그걸 볶음밥이라고 할 수 있어?”

“글쎄. 걸작이었던 건 내가 중학생이었을 때였는데…….”
미하루 씨는 생각이 떠올랐는지 혼자서 큭큭 웃고 나서 이야기를 시작했다.

“아버지가, 그러니까 요코한테는 할아버지지. 어디에 갔다가 선물로 캐비어를 받아 가지고 와서 냉장고에 넣어두었던 거야. 밤중에 약주를 하면서 조금씩 아껴 드셨던 모양이야. 그런데 토요일 오후에, 내가 2시가 넘어서 돌아오니까, 무슨 일인지 마나부 오빠가 집에 있었어. 배가 고파서 볶음밥 만들어달라고 했지. 그랬더니 문제의 그 캐비어 볶음밥을 만들었던 거야. 이만큼.” 말하면서 양손으로 크기를 나타낸다. “조그만 병에 4분의 1 정도가 남아 있었어. 그걸 전부 넣었던 거야. 나중에 아버지가 불같이 화를 냈어. 너희들은 물건의 가치를 모른다고.”

소리 높여 웃는 미하루 씨를, 요코는 원망하듯 쳐다봤다.

“왜?”

“맛있었어? 그 캐비어 볶음밥.”

“잊어버렸어.”

“아버지는 언제까지 미하루 씨에게 볶음밥을 만들어주었어?”

“언제까지였더라? 그렇구나, 너 먹어본 적이 없구나. 그럼 다음번에 만들어달라고 부탁해 봐. 나도 말해 놓을게.”

그때 전화기가 울렸다. 미하루 씨는 부엌 쪽을 슬쩍 보았지만 일어서려고 하지 않았다. 좀 전까지의 웃는 얼굴은 사라지고 미간에 주름을 잡고 자신이 만든 죽을 잠자코 먹을 뿐이었다.

전화는 계속 울리고 있었다.

“안 받아?”

“뭘?”

미하루 씨가 무서운 얼굴로 노려보았다. 요코는 더 이상 아무 말도 하지 않았다. 그러는 와중에 전화는 띵, 하는 소리를 내며 끊겼다.

“아, 잘 먹었다. 이제 다 먹었지?” 미하루 씨는 자신의 밥그릇 등을 쟁반으로 옮겼다.

“응.”

미하루 씨는 재빨리 정리했다. 둥그런 테이블을 거실로 옮긴 뒤 “너 계란술 마셔봤어?” 하고 물었다. “몸이 따뜻해지고 좋아.”

요코가 대답하기도 전에 서둘러 부엌으로 가버렸다.

“이거, 마셔?”

찻잔 안의 노란 액체는 목으로 넘길 수 없을 게 틀림없는, 끈적한 것이다. 게다가 이상한 냄새를 풍기고 있었다.

“달걀 때문인데, 알코올이 잡아줘서 괜찮아.”

정말 알코올이 잡아주는 걸까?

“이거 술이잖아. 미성년인 내가 마시는 건 좀 뭣하지 않을까?”

“괜찮아. 코 막고 단숨에 들이켜.”

요코는 눈을 질끈 감고 계란술을 들이켰다. 목을 통해서 뱃속 저 밑바닥으로 이동해 가는 것이 느껴진다. 켁켁 기침을 했다.

"바보구나. 진짜로 단숨에 마시면 안 돼."

무슨 말이야, 지금에 와서.

"토할 거 같아."

"자자, 어서 누워. 이제 푹 땀을 흘리면 나을 거야."

눈꺼풀이 무거워졌다.

그래, 잠이 들면 괜찮을 거야. 그러면 미하루 씨가 무엇을 하든 신경 쓰지 않아도 되고. 요코는 눈을 감고 몇 초도 지나지 않아 잠에 빠져들었다.

꿈을 꾸었다. 지유와 살고 있는 꿈이다.

지유와 아침밥을 먹고 있다. 장소는 우리 집의 부엌이고, 식단은 무슨 까닭에서인지 아침부터 죽이다.

지유 오빠의 아내가 되었구나, 하는 생각이 들었다. 초등학교 3학년까지는 그렇게 될 것이라고 결심했었다. 그래서 지유가 집에 올 때마다 확인했다. 네 살 위의 사촌오빠는 미소 지으면서 "그거 좋은 생각이구나" 하고 대답해 주었다.

그러나 꿈속의 지유는 미소 짓고 있지 않다. 죽을 정신없이 먹을 뿐이다. 죽에 무엇이 들어가 있는지 알 수 없다. 참치?
어묵? 낫토? 어묵볶음? 캐비어는 안 된다고 할아버지가 꾸짖
었다.

"이봐!" 갑자기 지유가 눈을 부릅뜨고 난폭한 어조로 말했
다. "너, 어쩔 셈이야? 응? 상관없잖아."

아니야, 이 사람은 지유 오빠가 아니다. 지유 오빠는 나를
너라고 부르지 않는다. 공주라고 부르는걸.

요코는 울고 싶었다.

"상관없잖아."

"안 돼. 무슨 생각을 하는 거야?"

누군가의 목소리가 들렸다. 한 사람은 미하루 씨다. 또 다
른 한 사람은 남자? 그런데 어째서…….

"널 만나려고 왔어."

틀림없다. 어젯밤 전화를 건 남자다.

"싫다니까. 내버려둬."

"넌 늘 이렇다니까."

"뭐가."

"할 때마다 늘 처음에는 거부해."

요코의 등에 한기가 내달렸다. 감기 탓만은 아니다. 문 너머

에서 일어나려고 하는 일이 두려워서 떨림이 멈추지 않았다.

"바보 같은 소리 마. 자, 그만 돌아가. 조카가 깨겠어."

속이 메슥거렸다. 계란술의 이상한 냄새가 입 안에서 되살아났다. 트림이 나와서 손으로 입을 막았다. 그런데, 토하고 싶다. 참으려고 해도 도저히 참을 수 없다. 위가 꿈틀거리는 것이 느껴진다.

"자, 네 방으로 가자."

이제 한계다. 요코는 벌떡 일어났다.

문을 열었다. 미하루 씨와 한 남자가 있다. 둘이 어떤 표정을 짓고 있을까, 볼 여유는 없다.

양손으로 입을 막고 요코는 화장실로 뛰어들었다.

"너 바보 아냐?"

거실에서 아버지의 화난 목소리가 들려왔다. 미하루 씨가 꾸중을 듣고 있다. 몸은 아직 회복되지 않았다. 조금 조용히 꾸짖었으면…… 이불 속에서 요코는 생각했다. "마나부 씨!" 엄마의 감정을 억누른 목소리도 들렸다. 이렇게 말할 때의 엄마가 제일 무섭다. "옆에서 요코가 자고 있으니 목소리 좀 죽여요."

"응? 아아, 그랬었지."

역시 엄마다.

"대체 어느 나라에 계란술을 잭다니엘로 만드는 바보가 있어?"

"청주가 없었어." 미하루 씨다.

"멍청이." 아버지의 목소리가 원래의 크기로 돌아왔다. "비가 내려 일찍 돌아온 게 천만다행이지. 조금만 더 늦었더라면 요코는 어떻게 되었겠어?"

"왜 그리 호들갑이야, 마나부 오빠." 미하루 씨는 멍하니 있다. "요코는 세 번이나 연달아 토했고. 그걸로 완전히 술기운을 빼냈으니 급성 알코올 중독은 아니야."

처음 한 번은 스스로 토했다. 나머지 두 번은 미하루 씨가 입에 손가락을 넣어서 할 수 있었다. 남자는 그 동안에 집을 나갔을 것이다. 그에 대해 요코는 가족 누구에게도 말할 생각이 없다.

"나 주정뱅이 돌보는 건 익숙하니까. 이쯤은 아무것도 아니야."

짝, 하는 소리가 들렸다.

"마나부 씨, 대체 무슨 짓을……." 엄마가 놀라고 있었다.

"말로 해서 못 알아듣는 놈은 이 방법밖에 없어."

"괜찮아요, 언니. 아버지에 비하면 오빠는 모기에 물린 정도야.”

“너, 너.”

슈슈슈슈슉.

“야, 미하루. 아직 이야기 안 끝났어. 이봐, 미하루!”

황금연휴 동안 계속 이불 속에 누워 있었다. 그래도 심심하지 않았던 것은 젠가가 있었기 때문이다.

아버지와 엄마, 쇼와 함께 했다. 혼자 할 때도 있었다. 지유도 공휴일에는 얼굴을 내밀어 상대해 주었다.

이상했던 것은 무엇이든 잘 해내는 지유가 가장 서툴렀다는 것이다. 가장 능숙한 사람은 의외로 쇼였다.

“쓰러질 거 같으면 세게 비틀면 돼.” 〈모〉에서 본 한 구절을 인용하듯이 동생은 말했다.

황금연휴의 마지막 날이다. 요코는 툇마루에 앉아서 카세트덱으로 음악을 듣고 있었다. 그곳으로 미하루 씨가 왁, 하고 나타났다.

뭘 하는 걸까, 이 사람은. 좀 전에 울타리 너머에 숨는 것을 보았기 때문에 별로 놀라지 않았다. 그 자세로 빤히 바라보고 있으니, 미하루 씨는 펼친 손을 내렸다. 쑥스러워 웃는 듯한 표정이 밉살스럽다.

헤드폰을 벗고 요코가 말을 건넸다. "다녀왔어?" 딸칵, 정지 버튼을 누른다. "어디에 갔었어?"

콜록, 미하루 씨가 작은 기침을 하고 "여기저기."라고 대답했다. "다른 사람들은?"

"영화관에 갔어."

"넌 왜 가지 않았어? 아직도 몸이 안 좋아?"

몸은 완전히 회복되었다. 가지 않은 것은 쇼가 선택한 영화가 요코의 취향과 맞지 않았기 때문이다.

"저기, 나 선물 사왔어. 현관 앞에 놓아두었는데, 지금 가지고 올게. 도게노가마메시(철도역에서 파는 도시락으로, 도자기에 맛을 내 생선과 야채를 넣어 간장으로 지은 밥이 들어 있다.)야. 너 좋아하지? 같이 먹자. 먹으면 기운이 날 거야. 응?"

"내가 아니야."

"응?"

"도게노가마메시를 좋아하는 건 쇼야. 나는 다루마 도시락(밥 위에 죽순, 곤약, 밤, 우엉, 닭고기 등의 반찬이 얹혀 있다.)이야."

"어머? 그랬었니? 그래도 가마메시도 맛있잖아."

그날 밤 미하루 씨는 복통을 일으켰다. 똑같이 도게노가마메시를 먹은 요코는 멀쩡했다.

다음날 꿈에서 돌아온 나스 선생님이 진찰했지만 원인을 찾지 못했다.

이번에는 요코가 돌봐주었다.

"뭐가 원인일까?"

평소 강심장에 빈둥거리기만 하던 미하루 씨로서는 귀여운 말투였다. 바닥에 누워 있는데 몸이 안 좋아서인지 뺨이 야위어 있었다.

"천벌이야."

"오라, 천벌 말이지. 그럴지도 모르겠네."

농담으로 던진 말인데 그대로 받아들여 요코는 난처했다.

"요코 것은 다루마 도시락이었어."

그냥 미안하다고 한마디 하면 될 것을, 왜 도시락으로 때우려고 한 걸까. 이 사람은 늘 도망만 친다. 도망쳤다가 돌아오면, 모두가 용서해 준다고 생각하고 있다. 사실, 그렇다. 아버지도 엄마도 돌아온 미하루 씨를 보고 가슴을 쓸어내렸다.

모두 물러 터졌다. 나는 용서하지 않을 거다.

가볍게 노려보자 미하루 씨는 빙그레 미소를 지었다.

그것이 또 밉살맞아서, 요코는 흥 하고 고개를 돌렸다.

제3화 미안,
미안합니다

요코의 1학기 성적은 어지간했다. 수학 평점이 4(1부터 5까지 있으며 숫자가 높을수록 성적이 좋다.)인 것은 납득할 수 없었지만, 국어 평점은 5였다. 수학이 4인 것에는 실망했다. 중간고사도 기말고사도 백 점을 받았기 때문에 영어는 당연히 5이다.

종업식을 마치고 학교에서 돌아오는 길, 친구 몇 명과 나란히 역 앞 상점가를 걷고 있을 때였다. "요코!" 하고 부르는 소리에 멈춰 섰다.

미하루 씨였다. 남색의 꽃잎이 염색된 티셔츠에 무릎이 닳아빠진 청바지, 거기에 샌들을 신은 모습이었다.

따각따각 소리를 내며 요코에게 다가왔다. 하나로 묶은 꼬랑지 머리가 좌우로 흔들리는 모습이 사랑스럽다.

"누구야, 저 사람?" 친구 하나가 물었다.

"요코, 너희 엄마구나." 다른 한 친구가 서둘러 대답했다.

"우와, 젊고 미인이시다."

엄마보다 젊은 것은 분명하지만, 미인은 아니라며 요코는
마음속으로 분개했다.

"엄마가 아니야, 고모야."

"가게를 보고 있는데, 네가 앞을 지나가길래 쫓아왔어."

주위 친구는 호기심을 그대로 드러낸 얼굴로 미하루 씨를
보고 있다. 요코는 창피해서 날카로운 목소리로 물었다. "무
슨 용건이야?"

"할 얘기가 있어서. 마쿠아이도에 들르지 않을래?" 미하루
씨는 이미 요코의 오른 손목을 잡고 있었다.

"하굣길에 딴 데로 새면 혼난단 말야." 요코는 주위 친구들
을 신경 쓰면서 말했다.

"고모인 나랑 있는 거면 괜찮겠지. 그치?"

미하루 씨의 기에 눌린 듯 친구들은 모두 "아, 네." "괜찮
아요." "괜찮고말고요."라며 고개를 끄덕였다.

"자, 가자."

"잠깐만, 잡아당기지 마."

따각따각, 따각따각…… 미하루 씨의 샌들 소리가 상점가
를 울렸다.

마쿠아이도 서점의 좁은 가게 안은 책으로 가득했다.

"오야마다, 있어?" 그 틈새를 가르듯이 미하루 씨가 안으로 향했다. "오야마다!"

누구지? 오야마다라니. 그렇게 생각하면서 요코는 고모의 뒤를 조심스럽게 따라갔다. 그런데 무슨 일인지, 쌓여 있던 책의 일부가 눈사태를 일으키며 요코에게로 떨어져 내렸다.

우왁, 하고 비명을 지르자 미하루 씨가 꾸짖었다.

"호들갑스럽기는."

호들갑이 아니다. 지금 요코는 무릎까지 책에 잠겨 몸을 움직일 수도 없다.

"도와줘, 미하루 씨."

"네가 알아서 해."

고모는 차갑다. 입가에 미소마저 짓고 있다. 남의 불행을 보고 웃다니 저질이다.

그때 요코는 양옆구리에서 어떤 위화감을 느꼈다.

영차, 하고 등 뒤에서 소리가 들리자마자 몸이 공중으로 떠올랐다. 요코는 놀란 나머지 소리도 내지 못하고 몸이 굳어버렸다.

"이 아이, 어디에 내려놓으면 될까?"

남자 목소리다. 돌아보니 머리가 천장에 닿을 듯한 거인이다.

"내 앞으로 옮겨와." 미하루 씨는 빙그레 웃으면서 대답했다.

영차, 거인의 기합소리와 함께 요코의 발은 바닥에 닿았다.

"고, 고맙습니다."

요코의 인사를 받고 거인은 작은 목소리로 대답했다. "천만에." 네, 주인님, 이라고 말하지 않는 게 이상할 정도로 예의가 바르다.

"오야마다!" 미하루 씨는 안에 있는 계산대 너머에 있었다. "멋대로 가게를 비워두면 안 돼."

잘도 말한다, 자기가 한 짓은 잊어버리고. 요코는 생각했다. 그러나 거인은 미안한 듯이 "갈증이 나서 바로 앞에 있는 편의점에서 캔커피를 사왔어요. 미안해요." 하며 고개를 숙였다.

"음료는 냉장고 안에 얼마든지 있는데."

"그거 마음대로 마시면 안 될 것 같아서요."

"괜찮아. 너는 이상한 데 마음을 쓰는구나."

"아니, 그게……네에."

이야기의 흐름과 미하루 씨의 성격을 고려하면 오야마다의 의견이 완전히 틀리지 않는다.

"요코, 이쪽으로 와. 안에서 이야기하자."

미하루 씨는 샌들을 벗고 계산대 안쪽 문을 열어 그 너머에 있는 방으로 들어가버렸다. 요코는 오야마다를 올려다보았다. 더벅머리의 그는 사람 좋은 웃음을 띠고 "자 들어가요."라며 재촉했다.

"뭘 꾸물거리는 거야?" 미하루 씨가 문에서 얼굴을 내밀고 손짓했다. "빨리 들어와."

가게와 주거 공간은 계단 하나의 차이가 있었다. 구두를 벗고 오르자 거기에는 다다미가 깔려 있고 앉은뱅이 탁자, 텔레비전, 서랍장 등이 있는데, 무엇보다 요코의 눈을 사로잡은 것은 불단이었다. 크고 너무도 화려했다.

"아무 데나 적당히 앉아."

미하루 씨는 더 안쪽에 있는 부엌에 있었다. 마쿠아이도 서점은 좁고 긴 구조라 안쪽이 깊었다. 요코가 앉은 곳은 마침 불단과 정면으로 마주한 위치였다. 불단 안의 사진 속 인물이 이쪽을 보고 빙그레 웃고 있는 것이 싫어서 조금 왼쪽으로 옮겼다.

미하루 씨가 쟁반에 무언가를 가지고 왔다.

"후루타의 미츠마메(삶은 팥, 가늘게 썬 한천, 터키과자, 경단, 귤이나 복숭아 등의 과일을 그릇에 담아 당밀이나 시럽을 끼얹은 것)인데 먹을래?"

'후루타'는 역 상점가 끝에 있는 제과점으로, 자세히 보지 않으면 그냥 지나쳐버릴 만큼 수수한 외관을 하고 있다. 요코네 식구들은 과자를 사서 그 가게에서 먹기보다 집으로 가지고 와 먹는 일이 많았다. 덧붙이면, 후루타의 주인은 2대째로 아버지의 초중등학교 2년 후배다.

"물론."

미츠마메는 포장용 투명 케이스가 아닌, 그릇에 담겨져 나왔다. 미하루 씨가 그릇으로 옮겨 담은 것이다. 별 것 아닌 데는 충실하다. 요코와 자기 것 두 개를 탁자에 놓았다.

"미하루 씨에게 얻어먹다니 별일이네. 뭐 좋은 일이라도 있어?"

"좋은 일은 특별히 없어."

미하루 씨가 나무 스푼을 내민다. 요코는 그것을 받아들고 먹기 시작했다.

"너한테" 미하루 씨는 달근한 콧소리가 되었다. 위험해, 삑삑삑. "부탁할 게 있는데, 들어줄래?"

"싫어." 요코는 재빨리 거절했다.

"이야기도 듣기 전에 거절하다니 너무하잖아?"

"미하루 씨의 부탁이라면 절대로, 괜찮을 리 없어. 게다가 아버지한테 주의도 받았고."

"마나부 오빠한테? 뭘?"

요코는 대답하지 않고 묵묵히 미츠마메를 먹었다. 따라온 내가 바보다. 서둘러 도망치자. 서두르면 세 숟가락에 다 먹을 수 있다. 그릇을 입으로 가져가 나머지를 한 입에 털어 넣으려고 하자, 미하루 씨가 뺨을 꼬집었다.

"아얏."

"마나부 오빠한테 무슨 말을 들었냐니까? 어서 말해."

"아파, 아프다니까. 말할게, 말할 테니까 놔."

마침내 손을 놓아주었다. 요코는 그릇을 내려놓고 꼬집힌 뺨을 문질렀다. 손톱으로 꼬집혔다.

"미하루 씨를 받아주지 말라고."

"뭐야 그게? 무슨 의미지?"

"한 달 전에 쇼에게 3천 엔 빌렸지?"

"쇼가 그걸 마나부 오빠한테 말했어? 그렇게 입을 막았는데도."

미하루 씨는 불만을 드러냈다. 초등학생 조카에게 돈을 빌려놓고서는, 진짜 짜증난다.

"빨리 돌려주었으면 됐지. 쇼, 돈이 없어서 이번 달 〈모〉를 못 사니까 엄마한테 미리 용돈을 당겨달라고 했어. 엄마는 아버지에게 물어보라고 했고. 그랬더니 아버지는 모아놓은 용돈으로 사면 되지 않냐고 말했지. 여러 가지 추궁 끝에 결국

76

쇼는 울면서 미하루 씨가 빌려갔다고 이야기했던 거야.”

“쇼, 남자 애가 기가 약하다니까.”

그게 기의 문제일까.

“그 뒤에 아버지가 가족 모두에게 미하루 씨의 응석을 받아주지 말라고 했어.”

“그거 언제 적 일이야?”

“그저께 아침.”

“그래서 그랬나······.” 미하루 씨는 미츠마메를 이미 다 먹은 뒤였다. 그리고 어디에서인가 금연파이프를 꺼내서 입에 물었다. “우미코 언니도 마나부 오빠의 의견을 받아들였구나. 그래서 오늘 원피스를 안 빌려준 거였어.”

“원피스?”

“너희 엄마, 쑥색의 귀여운 원피스 가지고 있잖아.”

“쑥색이라기보다는 연두색의······.”

엄마가 가장 아끼는, 여름철에 외출할 때 꼭 입고 나가는 옷이다. 요코가 고등학생이 되면 물려받기로 약속되어 있다.

“그래 그거. 그리고 그 원피스에 맞는 낮은 굽의 구두도 빌려달라고 했더니, 거절했어. 난처하네. 오늘 그 원피스를 입고 나갈 생각이었는데.”

아버지의 명령이 없더라도 엄마는 거절하지 않았을까.

미하루 씨는 금연파이프를 위아래로 흔들며 고민하고 있다가 요코를 곁눈으로 보고, "너 이제 돌아가도 돼." 하며 손으로 쫓는 시늉을 했다.

요코는 가방을 들고 일어섰다. 미츠마메를 잘 먹었다고 말할까 고민하는데, 미하루 씨가 오른손을 펴서 쑥 내밀었다.

"뭐야?"

요코가 묻자, 미하루 씨는 진지한 얼굴로 대답했다.

"미츠마메 값, 280엔."

집에 돌아오니 툇마루에서 엄마와 쇼가 수박을 먹고 있었다. 요코도 한 조각 집어 들어 아귀아귀 먹었다.

"아, 안 돼. 누나." 수박을 입 안 가득 베어 문 채 쇼가 항의했다. "그거 내 거야."

"괜찮아." 요코는 정원을 향해서 씨를 푸우 하고 뱉었다.

"안 돼, 요코. 버릇없이." 엄마는 미간을 찡그렸다. "너, 점점 미하루 씨 닮아간다."

"닮았어, 닮았어." 쇼는 히히히 웃었다. 뺨을 꼬집으려고 했지만, 그러면 더욱 미하루 씨라고 할까봐 그만두었다. 그리고 툇마루에 걸터앉아 수박을 베어 물었다. 그리 시원하지는 않지만, 달고 맛있다. 서둘러 먹고 껍질을 접시에 놓았다.

"점심 먹을 거지?" 엄마는 수박 과즙에 젖은 손을 수건으로 닦으며 일어섰다. "히야시추카(삶은 중화면 위에 잘게 썬 햄이나 차슈, 달걀지단, 오이, 토마토를 얹은 일본식 냉면) 만들어줄게."

미하루 씨에게서 미츠마메를 얻어먹고, 아니 사먹고 돌아왔지만 배는 고프다. 요코도 수건으로 손을 닦고 구두를 벗고 엄마를 따라 부엌으로 들어갔다.

"성적표 가져왔지?"

"네." 요코는 가방에서 성적표를 꺼내 건넸다.

"상당히 자신만만하네." 엄마는 옅게 웃고는 선 채로 성적표를 펼쳤다.

"엄마, 남은 수박 다 먹어도 돼?" 툇마루에서 쇼가 소리치는 것이 들렸다.

"그래." 요코의 성적표를 음미하듯이 보면서 엄마는 목소리를 높였다. "그 대신 다 먹으면 접시 이쪽으로 가져와라."

"알겠사옵니다~."

쇼의 대답에 엄마는 언짢은 얼굴을 했다. "저런 말, 어디서 배웠을까?"

물론 미하루 씨다. 요전에 쇼에게 가르쳐주는 것을 요코가 봤다. 그 외에도 '미안, 미안합니다~', '물 좋고 바람 조오타~!'와 같은 옛날에 한창 날리던 유행어를 가르쳤다. 요코도 고모가 그런 말을 어디에서 주워들었는지 알고 싶다. 헌책방에서 일하면 자연스럽게 저런 것들이 몸에 배는지도 모른다.

엄마는 요코의 성적에 만족한 모양이다. "2학기에도 열심히 해." 성적표를 접어서 돌려주며 말했다.

"쇼의 성적은 어때?"

누나로서 알아둘 의무가 있다.

"늘 똑같지. 체육이 2고 나머지는 4야. 그건 그렇다치고 선생님이 뭐라고 쓰셨는지 아니?"

"너무 얌전하다고?"

"노력이 부족합니다, 라고. 늘 현재 상황에 만족하고 그 이상을 바라지 않는다고."

예를 들어, 쇼는 시험 점수를 85점만 받으면 그것으로 만족해 버린다.

"그런 점은 좀……." 엄마는 곤란해, 라고 말하기라도 하는 듯한 표정을 하고 있었다. "아버지와 닮았어."

한밤중, 새벽 1시가 되어가고 있다.

방 불을 껐지만 요코는 잠을 잘 수 없었다. 이불 속에서 몇 번이고 몸을 뒤척이다가 마침내 포기했다. 카세트덱을 베갯맡으로 가지고 왔다. 테이프는 요 한 달 동안 바꾸지 않았다.

할머니의 장례식 때 지유에게서 받은 것이다.

네 살 위인 사촌오빠 지유는 모든 것을 알고 있다. 만화와 소설, 음악과 영화, 라디오와 텔레비전, 요코가 좋아하는 모든 것을. 지유가 가르쳐주거나 빌려준 것은 요코의 취향과 딱 맞았다.

미하루 씨에게 그 이야기를 하자, "그것은 네가 지유에게 세뇌되고 있기 때문이야." 하며 웃었다.

이불 속에서 몸을 태아처럼 동그랗게 웅크린 채, 음악을 들었다. 지금 이 순간 나는 지유 오빠와 연결되어 있다. 카세트 덱은 요코에게 있어 음악을 듣는 도구만이 아니다. 지유와 맺어주는 기계이기도 하다.

세 번째 곡이 끝나고 꾸벅꾸벅 졸기 시작했을 무렵에 어디서 방해하는 소리가 들려왔다.

콩콩, 콩콩.

곧 유리창 두드리는 소리라는 것을 알았다. 요코는 한숨을 쉬고, 헤드폰을 벗고 이불에서 기어 나왔다.

콩콩, 콩콩.

계속해서 희미한 소리가 들려온다.

"요코, 자니?"

불을 켜지 않고 커튼을 열자 미하루 씨가 창에 매달려 있었다. 또 뭘 하고 있는지. 화가 났지만 집에 들이지 않으면 안 된다. 요코는 자물쇠를 풀고 스르륵 소리가 나지 않도록 창을 열었다.

"열쇠를 잊었어. 현관문을 두드릴까 하다가 오빠한테 혼나는 게 싫어서. 툇마루 문도 잠겨 있고, 부엌문도 잠겨 있어. 언제부터 우리 집이 이렇게 문단속을 잘했던 거야?"

미하루 씨는 트림을 한 번 하고 나서, 영차 하고 창을 넘어 방으로 들어왔다.

"윽, 술 냄새." 요코는 창을 닫고 커튼을 쳤다.

"조금밖에 안 마셨어." 미하루 씨는 비틀거리면서 전등 끈을 잡아당겼다. "아이, 눈부셔."

요코는 미하루 씨가 입고 있는 옷을 보고, 하마터면 소리를 지를 뻔했다. 연두색의 원피스. 엄마의 옷이다.

"아, 참, 나 구두를 신은 채야." 엄마의 낮은 굽 구두다. 미하루 씨는 그것을 벗어 가지런히 뒤집어놓았다. "이러면 다다미에 흙이 묻지 않겠지."

아무래도 이상하다. 낮에 마쿠아이도 서점에서 만난 이후, 미하루 씨는 집에 돌아오지 않았다. 그런데 엄마의 원피스를 입고 엄마의 구두를 신고 있다.

"오늘 여기서 같이 자도 되지?"

"싫어." 지유 오빠와의 시간을 방해받고 싶지 않다. "방에 가서 자."

"냉정하구나." 미하루 씨는 머리맡의 카세트덱을 알아보았다. 그 앞에 무릎을 꿇고 앉아 인사를 했다. "카세트덱 님, 늘 우리 요코가 신세를 지고 있습니다." 그러고 나서 이불에 드러누워 기지개를 켜고 그대로 왼쪽으로 오른쪽으로 몸을 굴렸다.

"여기서 재워줘. 괜찮지?"

동생 쇼도 이렇게 떼쓰지는 않는다.

여기서 좋은 얼굴을 하면 발목이 잡히기 때문에 완고한 표정을 지었다. 미하루 씨는 구르는 것을 멈추고, 엎드려서는 양손으로 턱을 괴었다. 마치 아이돌이 사진 촬영할 때와 같은 포즈다. 그럴 듯하게 보이는 것이 더 밉살맞다.

"그럼 이렇게 하자. 내가 네 사랑 고민을 상담해 줄게."

뭘 어떻게 하자는 거야.

"사랑 고민 같은 거 없어."

"너희 반에 마음에 드는 남자 없어?" 미하루 씨는 다시 굴러서 머리맡에 있는 요코에게로 왔다. 아아, 옷이 주름투성이 된다. "있을 거야, 그치?"

"정말 없다니까."

미하루 씨는 이불 위에 드러누워 있다. 진짜 짜증난다.

"방으로 가라니까." 요코는 다시 말했다.

"싫어. 혼자 있기 싫어."

"그런 말은 내가 아니라, 좋아하는 남자 앞에서 해야지."

"말했어." 미하루 씨는 베개를 끌어당기고, 거기에 머리를 얹었다. "조금 전에 말하고 왔어. 그래도 집에 들어가래."

요코는 말문이 막혀 미하루 씨의 얼굴을 들여다보았다. 그녀의 시선은 의외의 방향으로 향했다. 발그레한 얼굴만은 평소의 고모다.

"돌아가기 싫다고 억지 부릴 수도 있었지만, 그 사람을 난처하게 만들기 싫어서, 그래서 돌아왔어."

"요전 그 남자야?"

요코는 무심코 말하고 말았다.

"요전이라니?" 미하루 씨의 눈은 빨갛게 충혈되어 있었다. 술 탓만은 아닌 모양이다. "역시, 그때 너 봤구나, 그 사람을."

"응."

"그래, 그 사람이야."

"싫어했잖아. 미하루 씨가 그 사람을."

또 쓸데없는 말을 했구나, 요코는 후회했다. 미하루 씨의 눈이 한순간 취기가 깨는 듯 보였다.

"아냐. 너무 좋아서 그런 거야." 미하루 씨는 긴 한숨을 쉬고 빙그르르 엎드렸다. "피곤하다. 그 사람이 사는 곳은 전철로 두 역 떨어진 마을인데, 막차가 가버렸어. 택시도 없고. 있어도 돈이 없어서 탈 수가 없었지만. 모처럼 멋도 부렸는데…… 좋아하는데…… 맥빠져."

차츰 목소리가 작아져 가던 중에 숨소리가 고요해졌다. "미하루 씨, 미하루 씨!" 이름을 부르고 흔들어 봐도 일어날 기색이 없다.

이런 밤중에 여자를 혼자 마을에 내버려두다니, 몹쓸 남자다. 게다가 그런 놈이 좋다니, 미하루 씨 머리가 어떻게 되었다.

요코는 고모의 등을 바라보았다. 가엽다는 단어가 머리에 떠올랐다. 아니다. 그런 남자를 좋아하는 미하루 씨가 바보다.

여하튼 원피스를 엄마의 눈에 띄지 않도록 원래 자리로 돌려놓자.

으, 으~응. 미하루 씨가 신음했다. 일어날 기색은 없다. 요코는 등에 있는 지퍼로 손을 가져가 살며시, 아주 살며시 내렸다.

발갛게 물든 살갗이 드러난다. 내면에서 빛을 발하고 있는 듯이 보인다. 착시라는 것은 안다. 전등 빛이 비춰진 것뿐이다. 눈길을 피하고 손길도 멈췄다. 숨이 막힌다. 너무 위험한 짓을 저지르고 있다는 기분이 밀려온다. 이마에 땀이 배어나오는 것이 느껴진다. 손바닥에도. 크게 심호흡을 하고 나서 다시 지퍼를 내린다. 연두색 원피스로 간신히 가려져 있던 끈적한 무언가가 흘러나오는 듯하다. 그것은 요염이라고 부르는 것이다. 그러나 좀 더 다른, 생생한 것이다.

내 안에도 이 같은 것이 있다고 요코는 확신했다. 아직 씨앗에 지나지 않지만, 언젠가 가까운 미래에 싹틀 것이다. 미하루 씨는 이미 꽃을 피우고, 열매를 맺었다. 그 열매를 누군가가 따주기를 기다리고 있다.

그렇게 생각하자 요코는 두려워 견딜 수 없었다. 미하루 씨는 물론 자기 자신의 일도.

불을 끈 뒤 요코는 방을 나왔다. 먼저 현관에 가서 신발장에 엄마의 구두를 넣었다. 그리고 2층 미하루 씨의 방으로 향하려고 불을 켜지 않은 채 계단에 발을 얹었을 때다. 거실에서 사람이 쑥 나타났다. 요코가 말하기 전에 상대가 꺅, 하고 짧은 비명을 질렀다.

엄마였다.

요코는 작게 접어서 들고 있던 원피스를 등 뒤로 감췄다. 이 어둠 속이라면 알아챌 리가 없다.

"깜짝이야, 요코구나. 놀래키지 마." 엄마는 가슴에 손을 얹으며 물었다. "무슨 일이니?"

"미하루 씨가 돌아왔어." 짧게 사정을 이야기했다. 전철로 두 역이 떨어진 마을에 살고 있는 사람의 이야기는 하지 않았다. 물론 지금 등 뒤에 숨긴 원피스에 대해서도 말하지 않았다. "내 이불을 점령당해서, 미하루 씨 방에서 잘까 하고."

"무슨 소리가 나길래, 그럴 거라고 생각했어."

요코의 방과 부모님 방은 벽 하나를 두고 이웃하고 있다. 여기에 각 방에는 벽장이 있다. 따라서 옆에서 누가 이야기해도 신경 쓰이지 않는다. 그렇다고 전혀 들리지 않는 것은 아니다.

"아버지는?"

"아버지야 한 번 잠들면 무슨 일이 일어나도 모르는 사람이니까. 그런데 난처하구나, 미하루 씨도 참. 빨리 시집가서 이 집에서 나가면 좋을 텐데. 벌써 스물일곱이지? 그 나이에 나는 쇼를 낳았는데."

어조로 봐서 엄마는 농담을 하는 것이 아니다. 진심이다. 내심, 그것을 바라고 있다.

그러나 웨딩드레스를 입거나 츠노카쿠시(결혼식에서 일본 전

통의상을 입은 신부가 머리에 쓰는 것으로, 띠모양의 희고 넓은 천이다.)를 쓴 미하루 씨를 요코는 상상할 수 없다. 그리고 미하루 씨가 없는 이 집도.

"너한테 쓸데없는 소리를 했네."

"아, 응. 나 졸려." 변명도 되지 않는 말을 하고, 요코는 도도도독 계단을 잰걸음으로 올랐다. 아무리 어둡다고는 해도 엄마 눈이 어둠에 익숙해지면 들고 있는 것이 들통날 가능성이 있다.

"불 켜지 않으면 계단에서 위험해." 엄마가 말하는 소리가 들렸다. 순간 불이 켜졌다. 위험해, 라고 생각하며 원피스를 가슴에 안고 아래를 보았다.

엄마는 이미 없었다.

미하루 씨에게서 벗겨온 원피스를 다다미 위에 펼쳤다. 내일 틈을 봐서 엄마의 서랍장에 넣으면 된다. 그런데 원피스에서 담배와 술 냄새가 나는 것을 요코는 알아차렸다. 엄마는 냄새에 민감하다. 특히 담배는 안 된다.

세탁소에 보내야 한다. 원피스를 개서 벽장에 넣었다. 어째서 내가 이런 고생을 해야 하는 거야. 진짜 화가 난다. 동시에 카세트덱을 방에 두고 온 것이 후회된다.

"모처럼 멋을 부렸는데." 어둠 속에서 미하루 씨의 속삭임이 울린다. "좋아하는데." 그 쓸쓸한 목소리가 귀에서 떠나지 않는다.

요코는 자신의 일처럼 생각되어 가슴이 아팠다.

아침에 잠에서 깬 요코는 방으로 돌아갔다. 미하루 씨가 볼썽사나운 모습으로 자고 있는 것을 곁눈으로 보면서 파자마를 벗고 일상복으로 갈아입었다.

여름방학이라도 평소와 다름없는 시간에 아침을 먹는 것이 이 집안의 규칙이다. 단, 미하루 씨는 예외다. 아니, 여름방학이 아니라도 아침에 함께 식탁에 둘러앉는 일은 좀처럼 없었다.

자리에 앉는 순간, 아버지가 물었다. "몇 시였어? 미하루가 돌아온 시간이?" 엄마한테 들은 것이다.

"1시나 2시 정도. 잘은 모르겠어요."

"열어주지 말지 그랬어. 말했지? 미하루의 응석을 받아주지 말라고."

그때 쇼가 콜록콜록 기침을 했다. 웬일인지 동생은 당황하며 아침밥을 먹고 있었다. 가능한 한 빨리 식탁에서 벗어나고 싶은 모습이다.

"요코를 꾸짖어도 소용없어요." 엄마가 아버지를 나무랐다. "미하루 씨 본인에게 말하세요. 요코의 방에서 자고 있으니까요."

진짜 화가 난다. 미하루 씨의 응석을 제일 잘 받아주는 건 아버지다.

"미하루, 이놈. 진짜……." 거기까지 말하고 아버지는 묵묵히 식사를 했다.

"마나부 씨!" 엄마가 아버지의 이름을 불렀다.

"응?"

"회사에 좋은 사람 없어요?"

"좋은 사람이라니, 무슨 소리야?"

"미하루 씨의 상대가 될 만한 사람이요."

"상대? 결혼상대?"

"당연하잖아요. 여기는 분명 미하루 씨의 집이에요. 태어나서 27년간 살고 있는 집이죠. 나는 언제까지나 있어도 상관없어요. 그러나 세상 사람들의 눈이란 게 있어요."

"응, 뭐, 그거야 그렇지."

"잘 먹었습니다." 쇼가 자리에서 일어나 가버렸다.

"저 녀석 뭔가 이상한데?"

느긋하게 이렇게 말하는 아버지를 엄마가 노려보았다.

"왜?"

"미하루 씨의 상대요."

"응, 그래." 이번에는 아버지의 밥 먹는 속도가 빨라졌다. "회사의 젊은 놈, 몇 명 알아볼게."

"쇼!"

식사가 끝나도 아직 9시 반이었다. 툇마루에서 〈모〉를 읽고 있는 동생에게 요코는 말을 건넸다.

"응?" 잡지에서 눈을 떼지 않고 건성으로 대답하는 것이 밉다.

"함께 도서관에 안 갈래?"

"안 가. 나 반납할 책도 빌리고 싶은 책도 없어."

여전히 얼굴을 들지 않는다. 요코는 쇼의 귀를 잡아당겼다.

"아이 아파."

"됐으니까, 따라와."

"하지 마, 엄마 부른다."

엄마는 부엌에서 설거지를 하고 있다.

"좋아, 부르려면 불러. 그래도 되겠어? 네가 미하루 씨에게 엄마의 원피스와 구두 건네준 일, 이른다."

쇼의 얼굴이 얼어붙었다.

"누나, 혹, 혹시."

"뭐?"

"초능력자?"

요코는 상점가로 가면서 쇼에게 물었다.

"자, 이야기해 봐. 미하루 씨가 언제, 어디서 무엇을 부탁했는지."

어제 낮이었다고 한다. 쇼가 엄마에게 "알겠사옵니다~." 하고 대답한 직후 울타리 너머에서 미하루 씨가 모습을 나타냈다고 한다. 그리고 쇼를 손짓으로 불렀다.

"3천 엔 빌려준 걸 아버지한테 말한 것 때문에 혼날 거라고 생각했어. 그런데 그게 아니었어. 그동안 갚지 못해서 미안했다면서 3천 엔을 돌려줬어. 그리고 또 천 엔을 내 손바닥에 올려놨어."

그러고 나서 미하루 씨는 엄마의 원피스와 구두를 가지고 나오라고 했다.

"왜 싫다고 하지 않았어?"

"그게, 천 엔을 더 주었거든. 전부 2천 엔."

2천 엔이라. 그러면 갖다주고말고. 미츠마메만으로 날 꼬이려 했다니 분했다. 그때 내게 2천 엔을 주었다면…… 아니

무슨 바보 같은 생각을 하느냐며 자신을 꾸짖었다.

"아무 말도 하지 않고 빌렸다가 엄마한테 들통나면 어쩔 셈이었어?"

"나도 그렇게 말했는데, 절대 들통나지 않는다고 했어."

미하루 씨는 이렇게 말했다고 한다. "이 원피스를 입고 집에 그대로 돌아올 리가 없잖아. 아침에 역 화장실에서 갈아입고 돌아올 거야."

"아침, 역 화장실에서?"

"응. 친구네 집에서 하룻밤 묵고 오겠다고 했어."

그러나 그것은 말대로 되지 않았다.

막차가 끊긴 뒤, 친구에게 쫓겨나서 원피스를 입은 채 한밤중에 돌아왔다.

미하루 씨, 이 바보.

원피스는 상점가에 있는 세탁소에 맡겼다. 이틀이 걸린다고 했지만 내일까지 꼭 부탁한다고 당부했다.

"초특급으로 해주마. 요코짱이 부탁하니 해주지 않을 수가 없네."

세탁소 아저씨는 빙그레 웃으면서 기분 좋게 받아주었다. 다른 사람들과 마찬가지로 그도 아버지의 초중등학교 1년 후배다.

"누나!" 가게에서 나와 쇼가 조심스럽게 불렀다. 동생이 미하루 씨로부터 받은 2천 엔은 세탁비로 사라졌다. "이 일 엄마한테는 말하지 마."

"말 안 해. 결국 나도 동조자가 되었으니까. 그래도 알지? 두 번 다시 미하루 씨의 말에 넘어가면 안 돼."

쇼는 끄덕이면서 "응." 하고 대답했다.

다음날 오전에 엄마가 장을 보러 나갔다.

이 틈에 원피스를 찾아오기 위해 요코는 운동화를 신고 있었다. 그때 끼이익 하고 현관문이 열렸다. 발만 보고 엄마라는 것을 알았다. 지갑을 두고 나간 걸까. 허둥지둥 얼굴을 든 순간 요코는 말을 잃었다.

엄마는 세탁소 비닐에 싸인 연두색 원피스를 손에 들고 있었다.

"세탁소 앞을 지나는데 주인이 불러 세웠어. 어제 따님이 가져온 것입니다, 급하신 거 같던데 자 가지고 가세요, 라며 건네주더라."

어머나. 쓸데없는 일을 해주셨네. 아니 잘 아는 세탁소에 맡겼던 것이 불찰이었다고 요코는 후회했다.

“미하루 씨에게 부탁받은 거니?”

“아, 아니야. 그건.”

어디부터 설명하면 좋을까, 요코는 순간 판단을 내릴 수 없다. 이젠 끝이다. 혼날 각오를 했다.

그때, “어머, 그거!” 하는 소리가 등 뒤에서 들렸다. 뒤돌아보니 늦게 일어난 미하루 씨가 멍하니 서 있었다.

요코는 엄마 쪽으로 고쳐 섰다. 엄마는 놀랍게도 얼굴 가득 웃고 있다.

“어때? 미하루 씨.”

엄마는 비닐에 싸인 원피스를 자신의 몸에 갖다 댔다. 기분이 좋아 보이기까지 한다. 그러고 나서 조금 몸을 비틀어 오른쪽 발을 앞으로 내밀었다. 마치 모델처럼.

“어?”

“이 옷 미하루 씨보다는 내가 더 잘 어울리지 않아?”

“응. 뭐, 그래요.”

“미하루 씨는 얼굴이 너무 화려하니 빨간색을 입으면 좋을 거 같아.”

“그런가요?”

미하루 씨는 엄마에게 완전히 눌려 있었다.

“그래. 그리고 머리, 기른다고 다 좋은 게 아니야. 화장도 조금 신경 써서 해."

"네, 네에."

"그리고 하나 더. 요코와 쇼를 귀찮게 하지 마."

"귀찮게라니, 별로……."

"알았지?" 엄마는 여전히 웃고 있었다. 그것은 도리어 강한 기운으로 가득했다. "나는 무엇이든 다 보여."

정말? 요코는 생각했다. 엄마는 미하루 씨를 어디까지 꿰뚫어보고 있는 것일까. 충혈된 빨간 눈, 쓸쓸한 목소리. 그리고 원피스를 벗을 때 흘러넘치던 정체를 알 수 없는 그 무엇.

"그건……."

요코는 다시금 우물거리는 미하루 씨를 보았다. 늘어진 티셔츠에 청바지를 입은 고모에게 여자다움이라고는 눈곱만큼도 찾을 수 없다.

"미안, 미안합니다~."

그 말을 듣고 엄마의 얼굴이 일그러졌다. 그리고 곧 소리 높여 웃음을 터뜨렸다. 요코도 따라서 웃었다.

미하루 씨만 어쩔 줄 모르는 얼굴을 하고 있었다.

제4화 거짓 활기

9월에 접어들어 벌써 1주일 이상이 지났음에도 연일 찌는 듯한 더위에 견딜 수 없다. 오늘도 30도를 넘을 것이다.

요코는 툇마루에 앉아 있었다. 집 안에서 여기가 가장 시원하다. 남향이지만 정원에 있는 밤나무 덕분에 햇빛은 좀처럼 비치지 않는다. 바람도 잘 통한다. 게다가 요코는 티셔츠를 감아올려 배를 드러내고 바닥에 딱 붙어 있었다. 시원해서 너무 기분이 좋다. 집에 아무도 없기에 이러고 있을 수 있다. 엄마가 본다면 꾸중 들을 일이다.

요코는 카세트덱으로 음악을 듣고 있었다. 지유한테 받은 카세트테이프다. 마지막 곡이 끝나고 되돌리기 버튼을 누르려고 할 때였다.

"안녕하세요." 현관에서 소리가 들렸다.

요코는 벌떡 일어나서 티셔츠의 옷자락을 내렸다.

"아무도 안 계세요?" 사촌오빠 지유였다.

"네에." 대답하고 일어서면서 요코는 현관과는 반대 반향으로 달렸다. "잠깐만."

세면실 거울 앞에 서서 머리카락이 흐트러지지 않았는지 확인했다. 왼쪽 귀 위쪽이 비쭉 뻗어 있다. 빗질을 해도 가라앉질 않는다. 빗을 물에 적셔서 빗어보았다.

"어라?" 지유의 목소리가 들린다. "지금, 대답했지?"

누군가와 함께 있는 것일까.

뻗친 머리는 어떡해서든 재웠다. 눈곱은, 없다. 이~ 하고 입을 옆으로 벌려 앞니를 확인했다. 아무것도 끼지 않았다.

"지금 가~."

"오호." 지유와 함께 있던 사람은 츠토무 숙부였다. "요코구나. 목소리만 듣고 네 엄마인 줄 알았어."

"뭐하고 있었어?" 지유가 물었다. 웃는 얼굴이 평소와는 다르다. 조금 딱딱하다.

"음악 감상." 선보는 자리에서나 할 법한 대답을 했다.

"형은 일 나갔지? 엄마는 안 계시니?"

"엄마는 쇼와 나갔어요."

"장 보러? 곧 돌아오시겠지?" 숙부는 초조하게 물었다.

"이웃 마을로 영화 보러 갔어요. 일찍 돌아오지 않을 거예요."

"미하루는? 아르바이트?"

"여행 갔어요."

"뭐야, 녀석 돈이 있나보지?"

"저기 아버지!" 좀 전까지 요코에게 말을 건넸을 때와 달리 지유의 말투가 거칠어졌다. "내가 이 집에 신세지는 거, 큰아버지와 큰어머니에게 승낙 받았죠?"

"물론이다. 그렇지, 요코?"

모른다. 지금 처음 들었다. 놀랐다. 그래도 요코는 "아, 네에." 하고 끄덕이고 말았다.

그래서일까, 지유는 너무도 짐이 많았다. 오른손에 보스턴백, 왼손에 책가방, 등에는 등산용 배낭까지 짊어지고 있었다.

숙부는 양복 상의를 팔에 두르고 있을 뿐 빈손이었다. 마구 구겨진 손수건을 바지 주머니에서 꺼내 땀을 닦고 무뚝뚝하게 말했다. "할머니 방, 사용할게."

무리해서 중재에 나설 필요는 없지만, 늘 온화하게 대화를 나누던 부자가 오늘은 왠지 서로의 말에 신경을 곤두세우고 있는 듯 보였다.

"나, 이제 갈 테니까." 숙부는 손수건을 주머니에 집어넣었다. "형과 형수에게 너무 폐 끼치지 않도록. 알았지?"

"폐를 끼치는 건 아버지겠죠."

지유의 말에 숙부의 얼굴이 심하게 일그러졌다. 쳇, 하고 혀를 차며 등을 돌리고, 문으로 손을 가져갔다. 그러나 문은 열리지 않았다. "어라?"

보통 때라면 웃음이 터질 시점이지만, 오늘은 다르다. 부자의 심상치 않은 분위기가 요코를 긴장시키고 있었다.

숙부는 포기하지 않았다. 문은 비명 같은 소리를 내고 20센티미터 정도 열렸지만, 더 이상은 열리지 않았다. 그러자 지유가 양손의 짐을 내려놓고 말했다. "제가 해볼게요."

"아니, 괜찮아." 숙부는 정색을 했다. "이젠 누구의 손도 안 빌려. 그러기로 했어."

숙부는 몸을 옆으로 해서 20센티미터의 틈을 빠져나가려고 했다. 유감스럽게도 그 틈새로 빠져나갈 수 있을 것 같지 않았다. 지유는 초조함을 숨기지 않은 표정으로 자신의 아버지 행동을 바라보고 있을 뿐이었다.

"이 집도 근처의 집들처럼 다시 지으면 좋을 텐데."

숙부는 내뱉듯이 말하고, 구두를 벗어 들고 집 안으로 들어와 툇마루를 통해 밖으로 나갔다.

"그럼 간다."

숙부가 사라진 마루 끝을 노려보고 있던 지유는 이윽고 중얼거렸다.

"아버지도 참……."

2층 할머니 방은 두 개의 덧문이 닫혀 있어 상당히 어두웠다. 지유는 양손의 짐을 턱 턱 하고 아무렇게나 던져놓고, 등에 짊어진 배낭을 다다미 위에 내려놓았다. 그리고 남쪽 창의 덧문으로 손을 가져갔다.

"공주야, 미안한데 그쪽 덧문 좀 열어줄래?"

요코는 시키는 대로 했다. 시원한 바람이 불어왔다.

"아, 덥다."

"뭐 마실 거라도 가져올까?"

"고맙지만, 됐어."

거절당했다. 덕분에 방을 나올 타이밍을 놓쳤다.

지유는 짐을 풀기 시작했다. 그의 등에 자연히 눈이 갔다. 반팔 셔츠는 땀에 젖어 살갗이 드러나 있었다. 요코는 당황해서 시선을 피하고 나서 "숙모는?" 하고 물었다.

"엄마는 후쿠이." 후쿠이는 미도리 숙모의 친정이 있는 곳이다. "나도 후쿠이로 갈까 했는데 전학 가는 게 싫어서 거절했어. 친구와 헤어지는 것도 싫고."

"여기에서 학교 다녀?"

"그렇게 됐네. 3시간 정도 걸려. 우리 학교에는 더 먼 곳에서 다니는 친구도 있어."

"얼마 동안 여기 있을 거야?"

"얼마 동안일까." 지유는 요코에게 등을 돌린 채 대답했다. "아버지는 반년이면 될 거라고 했지만, 수상해. 5천만 엔이나 하는 빚을 그리 쉽게 갚을 수 있을 리도 없고. 이대로 계속 여기에 살지도 몰라."

그것을 천진하게 기뻐할 만큼 요코는 어린아이가 아니다. 5천만 엔의 빚이라는 말이 마음에 걸렸다. 그러나 그 이유를 물을 만큼 어른도 아니었다.

영차, 하는 소리와 함께 지유는 일어섰다.

"욕실 좀 쓸게."

"물, 받을까?"

요코는 자신이 젊은 새댁처럼 말한다고 생각했다.

"샤워할 거니까, 괜찮아. 온몸이 땀에 젖어서 기분이 나쁘네."

툇마루에 놓여 있는 카세트덱을 들고 자신의 방으로 돌아갔다. 카세트덱을 책장 옆에 놓으니 할 일이 없어졌다. 게다가 마음이 차분해지지 않았다. 욕실에서 들리는 지유의 콧노래가 더욱 심란하게 했다.

요코가 모르는 노래다. 틀림없이 팝송일 것이다. 나중에 가르쳐달라고 하자. 진짜 좋은 노래일 거야.

앉아 있을 수도 없다. 서 있을 수도 없다. 빙글빙글 방을 돌았다. 이런 모습을 동물원의 곰 같다고 비유한 소설을 읽은 적이 있지만, 실제로 본 동물원의 곰은 우리 안에서 늘어져 잠을 잘 뿐이었다.

대체 뭐지? 무슨 생각을 하는 걸까, 나는. 동물원의 곰 같은 건 어찌 되었든 상관없어.

아, 목욕타월. 요코는 발을 멈췄다. 목욕타월을 갖다 주자. 지금 내가 지유 오빠에게 할 수 있는 일이다. 방에는 내 타월밖에 없었다. 그것을 사용하게 하는 건 미안하기도 하고 부끄럽기도 하다.

거실 쪽 문을 열고 부모님 방으로 들어가려고 하는데 어딘가에서 자동차 엔진 소리가 들렸다. 정원 쪽이 아니라 길과 마주한 쪽이다.

무슨 일이지, 하는 생각을 하며 툇마루 끝에 섰다. 그 길 끝은 막다른 길이기 때문에 차가 들어오는 일은 좀처럼 없다. 길과 정원의 담은 높지 않은 울타리여서 자동차 지붕이 보였다. 경트럭 같다. 곧 시야에서 사라졌다가 현관문 앞에서 멈췄다.

104

요코는 툇마루로 나와 슬리퍼를 신고 정원을 돌아 현관문으로 향했다.

마쿠아이도 서점의 경트럭이었다. 트럭에서 엄마와 쇼가 내리는 것이 보였다. 왜? 요코는 수상쩍게 생각했다.

"신세 많이 졌네요. 쇼도 인사드려야지."

"고맙습니다."

운전석에는 오야마다 씨가 있었다. 거구를 무리하게 저쪽으로 밀어 넣고 있는 모습은 마치 포획된 곰 같았다. 그는 요코를 보고 목 인사를 했다.

"어머, 얘도 참, 놀랐잖아." 엄마가 돌아보고 불평했지만, 놀라게 할 생각은 아니었다.

"어떻게 된 거야?" 요코는 엄마한테 물었다.

"영화를 보고 돌아오는 길에 우연히 만났어. 그렇죠, 오야마다 씨."

"신호를 기다리고 있었는데 횡단보도를 두 분이 건너더라고."

바래다주었다는 건가.

"집에 들어와서 시원한 거라도 마시는 게 어때요?"

엄마의 제안에 오야마다 씨는 고개를 옆으로 흔들었다.

"마쿠아이도로 돌아가 가게를 봐야 해요."

"그러세요? 미안해요, 바쁜 데……."

"아니, 괜찮아요." 오야마다 씨는 텁수룩한 머리를 긁적였다.

"미하루 씨가 여행 가서 오야마다 씨만 힘든 거 아니에요?" 요코가 묻자, "아니 그렇지 않아." 하며 다시금 텁수룩한 머리를 긁적였다.

미하루 씨는 지금 하치로가타에 있다.

올해는 9월이 되어도 여전히 더워서 가능한 한 북쪽으로 가겠다고 했다. 실은 캄차카 반도로 가고 싶었지만 금전적으로 여유가 없어서 하치로가타로 정했다고 했다.

"저…… 혼자서 가신 건가요?"

"누군가와 둘이었다면 좋았겠지만요."

엄마가 의미 있게 말했다. 하치로가타에 가기 전날, 같은 질문을 엄마가 미하루 씨에게 했었다.

요코는 두 역 떨어진 곳에 사는 그 남자와 함께일지도 모른다며 쓸데없는 걱정을 했다.

"아, 저 이만 가보겠습니다."

오야마다 씨는 조수석 문을 닫았다.

"또 놀러오세요." 쇼가 손을 흔들었다.

경트럭은 그대로 5미터를 후진해서 사거리로 나갔다.

"오야마다 씨가 미하루 씨와 결혼해 주지 않을까? 그러면 매일 차를 탈 수 있을 텐데.”

배웅한 뒤 쇼가 무책임한 말을 했다. 요코네 집의 어른은 아무도 자동차 면허증이 없다. 또한 자동차도 없다.

“그러니? 저 두 사람?”

“아니야.” 왠지 흥미 있어 하는 엄마에게 요코는 서슴없이 대답했다. “오야마다 씨는 미하루 씨보다 다섯 살이나 연하이고 아직 학생인걸.”

이 정보는 여름방학 중 마쿠아이도 서점에 들렀다가 입수했다. 물론 대학원생이다.

“그렇다고 결혼 못할 것도 없지.” 쇼는 집요하게 말했다.

“만약 결혼한다고 해도 미하루 씨가 오야마다 씨에게 시집 가는 거야. 오야마다 씨가 집으로 들어올 리가 없잖아.”

“상대가 누구든 결혼하면 미하루 씨가 가야지. 이 집에 더 이상 사람이 늘어나는 것만은…….” 엄마의 한마디에 요코의 가슴이 덜컹 했다. “어머, 문이…….”

좀 전 숙부가 20센티미터 정도 열어둔, 그대로다.

“또 저래?”

“응.”

“마루로 들어가자.” 엄마는 벌써 그쪽으로 발을 향하고 있었다.

“나는 들어갈 수 있어.” 쇼가 20센티미터 열린 틈으로 들어갔다. 그리고 안에서 앗, 하고 소리를 질렀다.

“왜 그래?” 엄마가 집 안을 들여다봤다. “어머나!”

마루에 작은 타월을 허리에 감은 지유가 있었다. 그는 이쪽을 보고 태연히 말했다.

“오셨어요? 신세지게 됐어요.”

아버지는 7시가 넘어서 집에 돌아왔다.

복도에서 요코와 쇼를 상대로 카드 게임을 하고 있던 지유를 보고, “왔니?”라고 말하고 다시 물었다. “츠토무는 어때?”

“여기까지 함께 왔었는데.” 지유의 뺨은 경련이 일고 있었다. “살고 있던 맨션도 벌써 내놓았고, 어디 아는 사람 집에 있을 거예요.”

“아는 사람 집?”

아버지는 복도에서 거실을 거쳐 가장 안쪽 다다미방으로 들어갔다. 지나가면서 문을 열어놓아 정장을 벗는 아버지가 보였다.

“여기로 와도 되는데.” 아버지는 버뮤다 반바지를 입으면서 말했다.

“폐가 될 거라고 했어요.”라고 말하는 지유.

"하트 8을 갖고 있는 거 누나지?" 쇼가 불평했다. "이제 그만 내."

"나 아니야." 요코는 거짓말을 했다. 사실 카드 게임을 할 때가 아니었다. 지유 집에 대체 무슨 일이 있는 것일까, 그것이 알고 싶었다. 그러나 아버지와 지유의 대화는 거기서 끝났다.

"남매니까 서로 돕자." 쇼는 아버지 흉내를 냈다. 지유가 웃었다. 어딘가 어색하고 쓸쓸한 웃음이었지만, 그래도 요코를 안심시켰다.

"밥 다 됐다." 부엌에서 엄마 목소리가 들렸다.

지유의 아버지인 츠토무 숙부는 요코의 아버지보다 다섯 살이 적다.

아버지와 숙부는 닮았다. 숙부의 키가 조금 크고 몸집도 크다. 따로 만나면 모르겠지만, 둘이 나란히 있으면 모르는 사람이라도 그들이 형제라는 사실을 틀림없이 알 것이다. 뭐랄까, 사용 전과 사용 후와 같은 느낌이다. 무엇을 사용한 것인지, 어느 쪽이 사용 전이고 어느 쪽이 사용 후인지는 알 수 없지만.

"마나부 오빠를 물에 불리면 츠토무 오빠가 돼."라고 말한 것은 미하루 씨다. "비과학적이야." 동생 쇼가 그 이야기를 듣고 항의했다.

"비유하는 거야. 네가 읽는 잡지 기사가 훨씬 더 비과학적이다." 미하루 씨는 초등학교 4학년생 조카를 상대로 진심으로 화를 냈다. 정말 점잖지 못하다.

물론 아버지와 숙부는 다른 면도 있다. 한마디로 말하자면, 아버지는 소심하고 숙부는 대담하다. 그래서 결혼도 다섯 살 많은 아버지가 숙부보다도 3년 늦었다.

"요컨대," 이것도 미하루 씨의 이야기다. "여성에 대해서 너희 아버지는 내성적이고, 지유 아버지는 적극적이야. 츠토무 오빠는 중2 때 벌써 여자친구가 있었으니까. 꽃집 미키 씨였어. 별명은 돌싱(돌아온 싱글) 미키 씨. 츠토무 오빠의 첫 애인이지."

요코는 겁쟁이이며 내성적인 아버지에게 감사한다. 덕분에 자신이 이 세상에 있는 것이다.

"돌싱이 뭐야?" 쇼가 미하루 씨에게 물었다.

아버지는 문명사회에 있는 한 절대로 없어지지 않을 것이라 생각하고, 시멘트 회사에 입사했다고 한다. 숙부는 서른 살 때 광고대리점을 퇴직하고 스스로 회사를 세웠다. 그 회사에서 어떤 일을 했는지 요코는 잘 몰랐다. 지유에게 물어도 "아버지는 일에 대해 이야기하는 거 싫어해."라고 말할 뿐이었다. 최근에야 부모님이 나누는 대화 속에서 프로모터나 이 벤트 프로듀서라는 직종이라는 것을 알았다. 그렇다고 해도 구체적으로 어떤 일을 하는지는 알 수 없었다.

미하루 씨에게 아버지와 숙부, 어느 쪽이 좋은지 물은 적이 있다.

"둘 다 싫어." 미하루 씨는 떫은 감이라도 먹은 듯 괴로운 얼굴을 했다. "아버지가 살아 계실 때는 집 안에 아버지가 세 명 있는 것 같았어."

아버지는 마흔다섯, 숙부는 마흔, 미하루 씨는 꽤 나이 차가 나는 스물여덟 살이다. 그렇다면 빨리 독립을 하면 좋을 텐데, 요코는 생각했다. 미하루 씨는 미혼이고, 지금은 여행 중이지만 아직 이 집에 살고 있다.

다음날 아침, 요코는 부엌에서 들려오는 소리에 눈을 떴다. 아직 밖은 옅은 어둠이다. 대체 누구일까? 어쩌면…… 하는 생각에 일어나 문을 열었다.

역시 지유다. 블레이저 차림으로 싱크대 앞에서 우유를 마시고 있었다.

"어, 미안해. 깨웠어?"

"아니, 그건 아니야. 화장실……." 하며 요코는 말을 얼버

무렸다. "늘 이 시간에 일어나서 학교 가."

지유는 이상한 얼굴을 했다. "지금 5시 반이야."

"지유 오빠도 벌써 나가?"

"응. 5시 5분 전차를 타면 수업 시작하기 전에 들어갈 수 있어."

"잠, 잠깐만. 나 금방 옷 갈아입고 올게. 3분, 3분이면 갈아입어. 늦었으면 먼저 나가도 돼. 금방 뒤따라갈게."

지유는 부엌문 입구에서 기다려주었다. 현관문은 어젯밤 아버지가 억지로 닫는 바람에 아예 열리지 않게 되어버렸다.

마을은 조용했다. 사람 그림자도 없었다. 가끔 개와 함께 산책하는 사람이 눈에 띌 정도였다. 신문배달원의 자전거도 달리고 있었다. 지유는 그런 사람들에게 "안녕하세요!" 하며 인사를 했다. 너무도 자연스럽다. 인사를 받은 쪽은 조금 어색해 하면서 "안녕하세요!" 하고 받아주었다. 나도 인사를 하는 게 좋을까, 요코는 생각했지만 좀처럼 그럴 수 없었다.

"하복." 지유가 말하는 게 들렸다.

"뭐?"

"하복도 잘 어울린다고."

교복을 말하는 것임을 알아차리는 데 한참 걸렸다.

기쁘다. 지유 오빠가 나를 칭찬해 주고 있는 것이다. 갑자기 몸이 후끈후끈 뜨거워졌다. 게다가 하복도, 라는 것은 동복도 어울린다는 말이니, 두 배로 기뻤다. 뛰어오르고 싶은 충동을 필사적으로 참았다.

"고마워. 지유 오빠도 잘 어울려."

"뭐?"

"블레이저."

"그래?" 지유는 얼굴을 찡그렸다. "너무 싼 티나지 않아? 이게 어울린다고 해도 그다지 기쁘지 않아."

"내가 말하고 싶은 건 그게 아니라, 싼 티나는 옷이라도 멋지게 보인다는 거야."

왠지 모르게 빠른 어조가 되어버렸다.

"그래, 고마워."

말이 끊겼다.

어색하다. 뭔가 이야기를 해야 해. 그런 생각을 하면 할수록 말이 나오지 않았다. 어제 물어보려고 했던 것이 있었다. 뭐였더라? 숙부의 빚에 관한 이야기였나? 설마. 어떻게 5천만 엔이나 빚을 졌느냐고는 도저히 물어볼 수 없다.

"공주." 또 지유가 말을 걸어왔다.

"응? 왜?"

"너, 나한테 너무 신경 쓰지 않아도 돼."

"신, 신경 안 써, 아 그러니까 신경은 쓰지만 그게……."

"나로서는 여러 가지 일이 있지만 결과적으로 잔소리 많은 부모와 떨어져 살 수 있게 되었어. 행운이라고도 할 수 있지."

"잔소리 많아? 숙부와 숙모가?"

"응." 지유는 얼굴을 찌푸렸다. "공부하라고 야단이라서."

"에헤." 의외였다. 꾸중 듣는 지유 오빠는 상상이 되질 않는다.

"나도 그래."

"공주는 공부 잘하니까, 그런 말 듣지 않잖아."

"들어. 심부름하라든가 장 보고 오라든가. 나도 한번 아버지와 엄마와 떨어져서 살아보고 싶어."

지유와 이야기를 맞추려고 그냥 해본 말이었다. 언젠가 그 날이 올 것이라 생각하니 요코는 조금 쓸쓸해졌다.

"앞으로 잘 부탁해."

"나야말로."

지유가 멈춰 섰다. "저기, 공주야."

"응? 왜?"

"너희 학교, 저쪽이지?"

아침 6시에 학교에 가도 교문은 열려 있지 않다. 요코는 집으로 돌아왔다. 교복을 입은 채 이불 위에서 둥그렇게 몸을 말고 카세트덱으로 지유가 준 테이프를 들었다.

생각났다. 어제 낮에 흥얼거리던 콧노래에 대해서 물어볼 생각이었다. 지금에 와서 억울해 한들 도리가 없다. 그러나 지유 오빠는 집에 머물 것이다. 기회는 얼마든지 있다.

1시간 뒤에 아침을 먹었다.

"지유는 아직 자고 있니?"

식탁에 앉아 그렇게 말한 것은 아버지다.

"5시 반에 나갔어요." 요코는 짧게 대답했다.

"학교까지 세 시간이나 걸려서 그렇구나."

아버지가 조간신문을 뒤적이면서 대답했다. 요코 곁에는 쇼가 우물우물 밥을 먹고 있었다. 눈꺼풀이 아직 반은 감겨 있는 상태다.

"지유 아빠 어떻게 될까요?" 엄마가 물었다.

"어떻게 되다니?" 아버지는 조간신문을 접어 테이블에 두고 젓가락을 집었다.

"그러니까, 그……." 엄마가 쇼와 요코를 곁눈으로 보면서 말했다. "언제 지유를 데리러 올 수 있는가 말이에요."

"글쎄. 어떻게 될까, 3개월은 걸리지 않을까 하던대."

3개월. 지유가 반년 어쩌면 앞으로 계속 여기에 있을 것이라고 한 말을 요코는 떠올렸다.

"숙부, 5천만 엔의 빚이 있다죠?"

무심코 말해 버리고 말았다. 두 사람이 동시에 요코를 보았다. 어린애는 잠자코 있어, 하는 얼굴이다.

"5천만?" 잠이 덜 깬 눈으로 쇼가 말하니, 마치 괴물이나 우주인 이름 같다. 오천만이 도쿄 만을 지나 일본에 상륙했습니다!

"그 이야기 누구한테 들었어?" 아버지가 요코를 몰아세운다. 누구한테라니.

"지유 오빠한테요." 요코는 서슴없이 대답했다. 달리 누가 있겠어, 라고 생각하면서 아침부터 부모님 기분을 상하게 한 것을 이내 후회했다.

"그 일 다른 사람한테 말해서는 안 된다." 아버지가 다짐을 받는다. 네네, 알겠습니다.

이 마을 어른들은 대개 아버지의 초중등학교 동급생이거나 선후배다. 같은 초중등학교에 다닌 츠토무 숙부의 동급생이거나 선후배이기도 하다. 소문은 그것이 나쁜 소문이면 한층 더 빨리 퍼져나간다. 입에 지퍼를 닫는 시늉을 했더니 아버지의 얼굴이 더욱 험악해졌다.

학교는 여름방학 전과 마찬가지로 지루했다. 그러나 수업 중에 계속 지유에 대해 생각했기 때문에 어느새 집에 갈 시간이 찾아왔다.

하굣길, 평소처럼 여러 친구들과 역 앞 상점가를 걷고 있는데 마쿠아이도 서점 앞에 오야마다 씨가 서 있었다. 먼발치에서도 그는 눈에 띈다. 안절부절못하는 모습만으로도 알 수 있다. 다가가서 인사를 했다.

"안녕하세요."

"아, 요코짱."

친구들은 이 거인에게 조금 놀라고 있었다. 그것이 또 요코를 우월감에 젖게 했다.

"무슨 일이세요?"

"주인 아줌마가 돌아오지 않아서…… 회람판을 가지고 나가서 돌아올 생각을 않네. 1시간이 다 되어가는데. 아마 어느 가게에서 수다에 푹 빠져 있겠지만."

아줌마 걱정을 하는 것이 아니라, 오야마다 씨 자신이 무슨 일이 있는지 침착함을 잃고 있는 듯했다.

"오야마다 씨, 무슨 일이 있어요?"

"연구실에 5시까지 가지 않으면 안 돼. 늦어도 여기서 4시

30분에는 나서야 하는데, 늦겠어.”

“연구실?” 앵무새처럼 따라한 것은 요코가 아니다. 함께 있는 친구다.

“아줌마가 돌아올 때까지 제가 가게를 보고 있을까요?” 요코가 제안했다.

“뭐?” 오야마다 씨의 얼굴에 한순간 안도의 빛이 감돌았다. 그러나 곧 그것을 부정하듯이 말했다. “하굣길이잖아. 곧장 집에 가야지.”

요전에 미하루 씨가 오야마다 씨는 이상한 데 신경 쓴다는 말을 했었는데, 이것이구나!

“괜찮아요. 다른 사람을 돕는 일이잖아요. 너희들이 잠자코 있어준다면.”

친구들은 “좋아.” “아무렴.” 하며 고개를 끄덕였다.

이야기가 결정되자 오야마다 씨는 가게로 일단 들어갔다가 검은색 네모난 구두를 가지고 나왔다.

“은혜는 갚을게.”

미하루 씨가 할 법한 말을 남기고 그는 잰걸음으로 사라졌다.

마쿠아이도 서점은 변함없이 책으로 넘쳐났다. 처음 방문했을 때는 책 홍수에 묻혔지만, 오늘은 무사히 안으로 들어갔다.

다다미 절반 정도의 공간이 훤히 뚫려 있었다. 겉에서는 주위가 책으로 둘러싸여 있어서 몰랐는데 거기에 책상과 의자가 있었다. 책상 위는 책과 현금등록기 등이 차지해 좁은 공간밖에 남아 있지 않았다.

여름방학 동안 미하루 씨에게서 부탁을 받아 가게를 몇 번 지킨 적이 있었다. 아줌마와 오야마다 씨가 없을 때였다. 집으로 전화를 해서 온 적도 있고, 상점가를 빈둥거리다 잡힌 적도 있었다. "1시간만." 하면서 미하루 씨는 모습을 감췄지만 대개 3시간은 지나야 돌아왔다. 미하루 씨보다 아줌마가 먼저 와도 "이런 고생하네." 하고 말할 뿐이었다.

책상에 앉자, 맨 위 서랍에서 봉투가 비죽 나와 있는 것이 보였다. 잘 넣어두기 위해 서랍을 열고서는 어라, 하고 놀랐다. 봉투에 적힌 글씨가 많이 본 필적이었다. 동그랗고 작게 한 자 한 자의 간격이 묘하게 벌어져 있었다. 틀림없다. 미하루 씨의 글씨다.

'마쿠아이도 서점 내 오야마다에게.'

귀하 또는 씨가 붙지 않았다. 이것은 틀림없이 미하루 씨다. 게다가 서점 내라니. 뒤집어왔다. 보낸 사람의 이름은 없다. 다시 한 번 겉을 보고 소인이 찍힌 날짜를 보았다. 9월 8일. 그저께다. 집에는 연락도 하지 않으면서 오야마다 씨 앞으로 편지를 보낸 것이다. 하치로가타에서.

봉투는 열려 있었다. 안을 들여다보았다. 가늘고 긴 종이가 한 장 있을 뿐이었다. 뭘까? 더 이상 참을 수 없다. 이런 데 둔 오야마다 씨가 잘못한 거야.

요코는 봉투를 거꾸로 했다. 쏙 하고 나온 것은 폴라로이드 사진이었다. 여섯 장의 세로 사진에는 미하루 씨의 얼굴이 있었다. 같아 보이는 표정이지만 조금씩 다르다. 안에는 한 줄, 이렇게 쓰여 있었다.

'여행비 고마워. 꼭 갚을게. 여러 가지 걱정 끼쳐 미안. 미하루. 추신 : 쇠기러기는 없어.'

오야마다 씨에게 돈을 빌려 하치로가타에 간 것인가. 그런데 여러 가지 걱정을 끼쳤다니 무슨 말이지? 그리고 마지막의 쇠기러기는 뭐야? 없다는 것은 없다는 것이겠지만, 대체 무슨 말이지?

다시금 사진을 본다. 사람들에게는 그것이 밝은 표정으로 비춰질 것이다. 그러나 태어나서 13년간 계속 고모를 보아온 요코는 알 수 있다.

이것은 거짓 활기다. 고민은 모두 가슴에 담아두고, 다른 사람에게 걱정 끼치고 싶지 않아서 무리하게 미소 지을 때의 미하루 씨다. 오야마다 씨는 속여도 난 못 속여.

그로부터 20분도 지나지 않아서 아줌마가 돌아왔다. 현금 등록기에 있는 요코를 보고도 놀라지 않고 "미하루짱은 언제 돌아와?" 하고 물었다.

"금방요."

"금방? 하하하. 그거 걸작이네. 대신에 츠토무가 돌아온 거야?"

"네?"

"방금 전 미키짱에게서 들었어. 어제 가게에 느닷없이 나타나서는, 집에 지갑을 두고 왔는데 아무도 없고 문도 잠겨 있다면서 요코하마 집으로 돌아갈 차비 좀 빌려달라고. 덤벙거리는 건 옛날이랑 똑같다면서 미키짱이 웃었어."

5천만 엔의 빚. 지유의 말이 귓가에 되살아났다.

"얼마 빌려주었대요? 돌……." 돌싱이라고 말하려다 고쳐 말한다. "꽃가게 미키 씨는."

"현금등록기에 있는 돈을 집어줬는데 정확하게는 몰라도, 한 만 엔 정도 빌려줬다고 해."

요코는 마쿠아이도를 나와 달음박질쳐서 집으로 향했다.

집 앞에 멈춰 서서 거친 숨을 가라앉히기 위해 심호흡을 했다. 이마의 땀도 손수건으로 닦았다. 현관문은 열리지 않았다. 아직 고치지 않은 것이다. 요코는 집 옆으로 빠져 마당으로 향했다.

지유와 쇼가 있었다. 둘은 보이지 않는 의자에라도 앉은 듯한 자세를 한 채 양손으로 천천히 원을 그리고 있었다.

"자, 여기서 일단 손을 멈춰. 그리고 크게 숨을 들이쉬고, 후 하고 숨을 내쉬고 허리를 들고." 쇼가 지도하고 있었다.

"공주, 다녀왔어?" 자세를 유지한 채 지유가 목만 돌려 요코에게 향했다. 싼 티 나는 블레이저는 벗고 와이셔츠를 입고 있었다.

"현관문 안 열리지? 쇼랑 나도 시도해 봤는데 안 되더라. 네 아버지가 좀 전에 철물점에 전화했어."

"지유 형, 말하면 안 돼!" 쇼가 주의를 주었다. "허리를 펴고 오른발을 들고, 오른손을 들고 왼손을 허리에."

"뭐 하는 거야?" 어이없는 얼굴로 요코는 동생에게 물었다.

"초절권." 쇼가 대답했다.

무슨 말일까? 요코가 마루에 오르려 할 때 펼쳐진 잡지가 눈에 들어왔다. 이제는 표지를 보지 않고도 〈모〉라는 것을 알 수 있었다.

"우주의 '기'를 당신의 몸 안으로 받아들여라! 근육 100배!

뇌 활성화! 미용과 건강에 최고! 초절권을 10분 만에 마스터하자!”

초절권인 듯한 동작이 그림으로 설명되어 있었다. 우주의 '기'라고 맨 위에 언급하면서, 그 효과가 미용과 건강이라는 것이 너무나도 거짓말 같다.

“누나도 한번 해볼래?”

뒤돌아보니 지금 쇼와 지유의 모습은 왼발로 서서 오른발을 들어 책상다리를 하듯 올리고 왼손은 가슴 앞으로 오른손은 머리 위로 올리고 있었다. 적어도 머리가 활성화될 것 같지는 않았다.

요코는 가방을 툇마루에 내려놓고 지유 왼편에 나란히 서서 잠시 같은 포즈를 취했다. 치맛 자락이 신경 쓰였지만 팬티가 보이지는 않을 테니, 뭐, 상관없다.

요코는 그 자세를 유지한 채 하품을 했다.

지유가 “공주야!” 하고 말을 건넸다.

“응?”

“졸리지? 아침 일찍 일어나서.”

“아, 아니야. 난 매일 아침……”

“거짓말하지 않아도 돼. 내일부터는 늘 일어나는 시간에 일어나. 아침에 부엌에서 소리 안 나게 할게. 고맙다. 마음 써

줘서."

아니야, 지유 오빠. 나는 마음을 쓰는 게 아니야.

"둘 다 잡담하지 마." 쇼는 완전히 사부가 된 듯하다. "자, 오른발을 내리고, 이번에는 왼발을 올리고."

동생의 명령에 따라 몸을 움직인다. 지유와 시선이 마주쳤다. 웃고 있다. 그러나 그 웃는 얼굴은 마쿠아이도의 계산대에서 본 사진 속 미하루 씨와 똑같다.

"왼손으로 원을 그리고 숨을 들이마시고."

마음 쓰고 있는 건 지유 오빠다. 잔소리 많은 부모와 떨어져 지낼 수 있어 행운이라니. 절반은 사실일지도 모르지만, 절반은 거짓말임이 틀림없다. 거짓 활기로 꾸미고 있을 뿐이다.

그것을 알아도…… 왼손으로 원을 그리면서 요코는 생각했다. 나는 아무것도 할 수 없다.

"자 숨을 토해내고."

쇼의 우렁찬 목소리가 공중으로 울려 퍼졌다.

제5화 물러설 수 없는 처지

저녁식사가 끝난 뒤였다.

"잠깐 괜찮아?" 부엌에서 설거지하고 있던 엄마가 거실에 나타났다.

그 순간 요코는 혼날 거라는 생각에 목을 움츠렸다. 설거지를 도울 생각이었는데, 미하루 씨에게 넘어가 멍하니 텔레비전 앞에 앉아 있었던 것이다. 조금 일어서서 도망칠 준비까지 했다.

그러나 엄마는 "저기 미하루 씨!" 하고 말했다.

"나요?"

"그래."

"이거 다 보고 가도 되죠?"

미하루 씨는 완전히 흘려듣고 있었다. 공기가 한순간 냉랭하게 차가워지는 것이 느껴졌다.

위험해, 미하루 씨. 요코는 마음속으로 소리쳤다.

엄마는 화가 나도 얼굴에는 드러나지 않는다. 자애로 가득한 착하고 온화한 표정이다. 분노는 태도로 나타난다. 그렇다고 상대를 때리는 것은 아니다. 엄마는 리모콘을 집어 들어 텔레비전 전원을 꺼버렸다.

돌아보는 미하루 씨에게 빙그레 웃으며 "괜찮죠?"라고 다짐하듯이 물었다.

아버지도 같은 방에 있었는데, 마키노즈시에서 받은 커다란 찻잔으로 차를 마시고 있던 중이었다. 이 집에서 화난 엄마의 무서움을 잘 알고 있는 남자로서는 올바른 태도다.

"쇼, 숙제는?"

엄마는 방 한구석에 누워서 월간 〈모〉의 최신호를 읽고 있는 쇼에게 말을 건넸다.

"응? 다 했어."

이렇게 말하는 쇼는 눈치가 없다. 〈모〉에서 얼굴을 들지도 않고 건성으로 대답했다.

"쇼, 네 방에서 젠가라도 하자."

눈치를 채고 사촌오빠 지유가 제안했다. 그가 이 집에 기거하게 된 지 1개월이 된다. 그 동안 엄마의 무서움을 알아차린 모양이다.

"지유 형은 너무 못해서 재미없어."

이 녀석은 진짜 못 말린다. 요코는 일어서서 누워 있는 쇼한테서 〈모〉를 빼앗아 복도로 달려갔다.

"무슨 짓이야?"

체육 평점 2의 동생이 한심한 소리를 내며 뒤따라왔다.

여름방학에 들어서자마자 있었던 일이니 그럭저럭 3개월 전이다. 아침 식탁에서 엄마가 아버지에게 말했다.

"회사에 좋은 사람 없어요?"

이 경우 좋은 사람은 머리가 아니라 성격이 좋은, 집안이 좋은, 그런 모든 것을 포함해서 미하루 씨의 결혼상대로 적합한 좋은 사람이다.

여하튼 미하루 씨는 스물여덟이다.

아버지는 회사 사람 중에서 찾아보겠다고 대답했다. 그러나 그 후 구체적으로 움직이지 않은 듯했다.

그러자 엄마는 더 이상 참지 못하고 자신이 직접 나섰다. 9월 중순 경부터 한 주에 두 사람 꼴로 미하루 씨에게 상대 남자의 사진을 가지고 왔다. 어디에 엄마의 이런 인맥이 있었던 것일까, 가족 누구도 상상할 수 없었다. 아버지도 의아해 할 정도였다.

"미하루 고모도 놀라던 걸."

1시간 정도 지나서 미하루 씨는 지유 방으로 왔다. 2층에 있는 이 방은 원래 할머니 방이었다.

지유와 요코와 쇼가 젠가가 아닌 다이아몬드 게임을 막 시작했을 때였다. 지유가 가지고 온 것이다. 그러나 아무도 규칙을 알지 못해서 열중하지 못하고 지루해 하던 참이라 미하루 씨의 등장을 모두 환영했다.

파란색과 흰색의 줄무늬 긴팔 티셔츠에 무릎이 닳아 찢어진 연지 색 바지 차림의 미하루 씨는 세 아이들의 한가운데로 불쑥 끼어들었다. 책상다리를 하고 턱을 괴고 이야기하는 그녀는 도무지 스물여덟 살의 어른으로 보이지 않는다.

"오늘로 열 명째야."

싫어하면서도 사람 수를 세고 있었던 건가.

지금까지의 아홉 명은 사진을 보는 단계에서 모두 거절했다. 거절하는 이유는 아래와 같다.

이를 테면, '치아가 누렇다.' 요코는 그 사람의 사진을 보았다. 하얀 이를 드러내며 웃고 있었는데 결코 누렇지 않았다. '히틀러 같은 콧수염은 아무래도…….' 요즘 이런 수염은 좀 그렇지, 라고 지유도 고개를 갸웃거렸다. '너무 없어 보여.' 웃음을 터뜨렸다. 듣고 보니 정말 없어 보였다. '와이셔츠 한쪽이 접혀 있어.' 그랬다. 그렇다고 그것이 거절 이유가 될까. '냄새가 날 것 같아.' 너무하다. 지나치다. 요코는 사진 속 인물을 동정했다. 그 외에도 여러 가지가 있었다. 모두 핑계다.

"이제 좀 지칠 때도 되었는데……."

"미하루 씨야말로 지칠 때가 됐잖아, 한 번이라도 선을 보면 어때?"

지유의 어조는 가볍지만 진심으로 권하고 있는 듯했다.

"으~응."

어떻게 된 거지? 불과 지난주에도 지유는 같은 말을 했었다. 그에 대해 미하루 씨는 "농담하지 마." 하며 분개했었다. 그런데 오늘은 모습이 이상하다. 게다가 "그럴까?"라고 말하고 있다.

"그래." 지유가 더욱 권했다. "선을 봤다고 그 사람과 꼭 결혼해야 하는 것도 아니고."

"미하루 씨는 오야마다 씨와 결혼해야 해." 다이아몬드 게임의 말을 모으면서 쇼가 말했다.

"그 놈은 안 돼." 미하루 씨가 부정했다. 그 놈이라고 불린 오야마다 씨가 요코는 아주 조금 가여워졌다.

"왜 안 되는데?"

“쇼가 나설 일은 아니야.” 지유가 한마디 하자, 쇼는 입을 삐죽거리고 고개를 돌렸다.

“나보다 다섯 살이나 아래인걸. 무엇보다 덩치만 컸지 완전히 애야.”

언뜻 보기에는 눈앞의 고모보다도 오야마다 씨가 훨씬 어른스럽다. 그러나 오야마다 씨가 좋아할 타입과 고모와는 전혀 맞지 않을 것이라고 요코는 생각했다.

“오야마다 씨가 훨씬 어른스러워.” 쇼도 요코와 같은 생각이었다. “자동차도 가지고 있어.”

어른스럽다는 이유가 그것인가.

“그 놈, 면허는 있어도 자동차는 없어.”

“늘 트럭을 타잖아.”

“그 경트럭은 마쿠아이도 서점 거야.”

미하루 씨와 쇼가 주고받는 대화를 들으면서 요코는 어떤 사실을 떠올리고 있었다.

‘여행비 고마워. 꼭 갚을게. 여러 가지 걱정 끼쳐 미안. 미하루. 추신 : 쇠기러기는 없어.’

과연 여행비를 돌려주었을까도 마음에 걸리지만, 오히려 걱정 끼쳐, 라는 말이 신경 쓰였다. 미하루 씨는 오야마다 씨에게 어떤 걱정을 끼쳤던 것일까.

"열 번째는 어떤 사람이야?"

요코의 질문에 미하루 씨는 "보고 싶어?" 하며 되물어왔다.

"보여줘." 지유가 말했다.

"사진, 내 방에 있으니까, 지금 가져올게."

미하루 씨가 가지고 온 것은 잡지였다. 표지를 보고 요코와 지유는 얼굴을 마주보았다. 근육이 울퉁불퉁한 남자가 포즈를 취하고 있는 잡지의 이름은 월간 〈보디빌딩〉이었다.

"어? 뭐야?"

"여기에 실려 있어." 미하루 씨는 잡지를 팔락팔락 넘겼다. "아아, 이거야, 이거. 이 오른쪽 페이지의 사람이야."

페이지를 펼쳐 다다미 위에 놓았다. 요코와 지유는 그것을 들여다보았다. 쇼는 자신의 '오야마다 대망론'이 쓰여 있지 않은 것에 화가 났는지 계속 〈모〉를 읽고 있었다.

"간토 지구 우승자?" 요코가 말했다.

"그래."

빵빵한 근육에 팬티 한 장의 차림이었다. 솔직히 표지 사람과 어떻게 다른지 알 수 없었다. 지유의 입가가 웃음을 띠고 있었다. 웃음을 터뜨리기 일보 직전이었다.

요코는 사진 속 남자를 다시 한 번 보았다. 엄마는 어떻게

이 사람을 알게 된 걸까.

"이런 타입, 미하루 씨의 취향이 아니잖아……." 지유는 동정하듯이 말했다. "이번은" 거절하는 편이 좋아, 라는 말이 이어질 것이었다. 그러나 미하루 씨가 말을 막았다.

"한번 볼까, 선?"

선이라는 것이 한번 볼까 하는 마음으로 해도 되는 것인지, 중1인 요코는 알지 못했다.

그로부터 이틀이 지났다. 일요일인데도 요코는 마쿠아이도 서점을 지키고 있었다. 미하루 씨 대신이다. 아침에 "대신 가지 않을래?" 라고 해서 받아들였다.

요즘은 요코가 마쿠아이도 서점에 있는 시간이 그녀보다 더 많은 것 같다.

그럼에도 불구하고 요코는 공짜로 일하고 있었다. 만화 등을 무료로 읽을 수는 있지만 돈을 받는 일은 없었다. 주인 아줌마와 오야마다 씨에게서 과자를 얻어먹는 정도다. 어린아이 취급을 당하는 것 같아 기분이 좋지는 않지만, 뭐 상관없다.

집에서 나올 때 요코는 카세트덱을 가지고 왔다. 무겁지만 들고 다니기 힘들 정도는 아니다. 가게를 보면서 그것으로 음악을 들었다. 반년 전에 지유한테서 받은 테이프를 또 듣고 있다. 곡에 맞춰 콧노래를 흥얼거리고 있자니 유리문이 열리고 누군가가 안으로 들어와 쌓인 책들을 쓰러뜨리지 않고 잘도 피해 게걸음으로 계산대로 향해 왔다. 요코는 헤드폰을 벗었다.

"결정됐어." 요코 앞에 선 지유가 말했다.

"뭘?"

"미하루 씨의 선. 다음 주 일요일이래."

"정말 보는 거야?"

"그렇대. 너희 엄마, 굉장히 기뻐하고 계셔. 오늘은 샤브샤브를 할 거래. 쇼는 도서관, 공주는 여기. 집에서 빈둥거리는 내가 장을 보게 생겼어."

선보기로 결정했다는 것만으로 샤브샤브라니, 엄마가 어떻게 된 게 아닐까. 약혼하거나 결혼하게 된다면 산해진미의 나날이 기다리고 있을지도 모른다.

"저기, 공주야."

"응?"

"미하루 씨, 그런 취향이었어? 빵빵한 근육맨 말이야."

"아니, 절대 아니라고 생각해."

"왠지 나는, 미하루 씨가 자포자기한 것 같아."

두 역 떨어진 마을에 사는 남자는 그 뒤 어떻게 되었는지 모른다. 미하루 씨가 멋을 낸다는 것은 엄마의 옷을 빌리는 것인데, 그렇게 외출하는 일이 최근에는 없었다. 그렇다면 헤어진 것이 틀림없다.

요코는 다행이라고 생각했다. 갑자기 집에 오거나 한밤중에 미하루 씨를 쫓아내거나 하는 사람이라면 정말 나쁘다. 용서할 수 없다. 먼저 그 이상한 목소리, 떠올리는 것만으로도 언짢아진다. 잭다니얼로 만든 계란술을 토한 기억과 겹쳐서 더욱 그렇다.

"앞으로 여러 사람과 선을 볼 생각일지도 몰라."

"그렇다고 해도" 지유는 간토 지구 우승자의 포즈를 흉내 냈다. "이런 사람은 말이야, 미하루 씨와는 어울리지 않지."

"남녀의 인연은 일반 상식으로는 생각할 수 없는 오묘한 거라잖아."

"이상한 말을 알고 있네." 지유는 포즈 잡는 것을 그만두었다. "여하튼 미하루 씨의 자포자기 덕분에 샤브샤브를 먹게 되었으니, 불평할 건 없어."

그러고 나서 카세트덱을 손가락으로 가리키고 이상한 표정을 지으며 말했다. "집에서 가져왔어?"

"어, 아, 응, 그게." 갑자기 묻지 마. 요코는 허둥거렸다.

"카세트덱을 갖고 다니다니." 놀리는 것이라 생각했지만, 그렇지는 않았다. "음악을 굉장히 좋아하는구나, 공주는."

"으응."

"뭘 듣고 있는 거야?"

"할머니 장례식 때 오빠가 준 거."

"그거, 마음에 들어?"

"응, 굉장히."

"그 밴드 모레 새 앨범이 나온대. 사면 곧바로 너희 아빠 미니 컴포넌트로 테이프에 녹음해 줄게."

"정말? 약속 지켜야 해." 요코는 무심코 새끼손가락을 내밀었다.

미하루 씨도 샤브샤브도 어찌되었든 상관없다. 밴드의 새 앨범마저도 상관없다. 중요한 것은 지유와의 약속이다.

여하간 선보는 날 아침이 되었다.

요코가 졸린 눈을 비비며 문을 열자, 부엌에 미하루 씨가 있었다. 웬일인지 엄마와 둘이서 아침식사를 준비하고 있었다. 덤으로 "잘 잤니?" 하고 인사까지 했다.

"잘, 잘 잤어."

요코는 서슴거렸다. 이런 모습은 미하루 씨가 아니다.

"대체 무슨 일이야?"

툇마루 쪽에서 들어온 아버지가 놀라 우뚝 섰다.

“어머 오빠, 평소 언니를 도우라고 했던 건 오빠잖아.” 된장국 맛을 보며 미하루 씨가 미소 지었다. 요코는 한기를 느꼈다. “오늘은 선도 보고……”

“선보러 나가는 건 저녁때잖아.”

미하루 씨의 만남은 이 마을 산기슭에 지어진 호텔의 프랑스 요리점에서 이뤄질 예정이다.

“여러 가지 준비할 게 있어요.” 엄마가 참견했다. “미용실에 가서 머리도 해야 하고. 후리소데(소매가 긴 미혼여성이 입는 기모노)를 입고 가기로 했거든요.”

아침식사를 하는 동안 미하루 씨와 엄마만이 시종 즐거운 듯 대화를 나누었다.

“오늘 선은 즐거울 거예요, 언니. 나, 긴장돼요.”

“미하루 씨답지 않아. 평소처럼 자연스럽게 있으면 틀림없이 마음에 들어 할 거야.”

둘 다 이상하게 짐짓 꾸며 이야기했다. 웃는 것도 ‘아하하’가 아니라 ‘오호호’다.

“무서워.” 쇼의 속삭임이 들렸다.

나도 그래. 마음속으로 요코는 끄덕였다.

요코는 방바닥에 드러누워서 카세트덱으로 음악을 듣고 있었다. 그저게 지유가 준 테이프다. 꾸벅꾸벅 졸다가 문득 정신을 차리니 눈앞에 털이 난 두 다리가 나란히 서 있었다.

아버지다. 더위를 타는 그는 11월이 접어들 때까지 집 안에서 버뮤다 반바지를 입는다.

"아이 놀래라." 요코는 헤드폰을 벗고 일어나 앉았다.

"이제 곧 정오야." 아버지는 불만과 당혹감이 뒤섞인 표정으로 내려다보며 말했다.

"엄마와 미하루는 미용실로, 지유와 쇼는 같이 어딘가로 나가버렸어. 너는 마쿠아이도 서점에 갈 거니?"

"한 시간 뒤에요."

"그럼 점심은?"

마키노즈시에서 초밥이라도 배달시켜주려나, 그런 기대를 하고 있는데 의외의 대답이 들려왔다.

"볶음밥 만들어줄게."

"네, 왜?"

요코가 물어도 아버지는 대답하지 않고 부엌으로 사라졌다.

"뭐야, 너 거기서 지켜볼 작정이야?"

식탁 의자에 앉은 요코를 아버지는 살짝 노려보았다.

"그럼 안 돼요? 뭐 좀 도울까요?"

아버지는 냉장고에서 식재료를 꺼내면서 "아니, 됐어." 하고 짧게 대답했다. 부끄러워하는 듯이 보이는 것은 착각일까.

부엌에 선 아버지의 뒷모습은 묘했다. 평소의 부엌이 아닌 것 같기도 하고, 평소의 아버지가 아닌 것도 같다.

먼저 파를 썰었다. 부엌칼과 도마가 연주하는 경쾌한 리듬이 부엌에 울렸다. 정말 요리를 하고 있구나. 당근, 피망, 표고버섯, 각각을 잘게 다지고 있었다.

"아버지."

"왜?" 대답할 때도 부엌칼 소리는 멈추지 않았다.

"아버지는 미하루 씨가 결혼하길 바라나요?"

"당연하지. 언제고 이 집에 있을 수는 없지."

"나도 결혼해서 이 집에서 나가면 좋겠어요."

부엌칼 소리가 멎었다. 요코의 말이 브레이크를 건 것은 아니었다. 잘게 자르는 것이 끝났을 뿐이다.

프라이팬을 난로에 올리고 불을 붙였다. 계란을 깨 그릇에 담고 젓가락으로 젓는다. 긴 침묵의 시간이 전혀 어색하게 느껴지지 않는 손놀림에 요코는 내심 감탄하고 있었다. 말로 칭찬해도 좋겠지만, 오히려 기분이 나빠질지도 모르니 그만두었다.

이 집 사람들은 모두 솔직하지 않다.

"그건 먼 미래의 일이잖니."

조금 늦게 아버지가 대답했다. 프라이팬에 기름을 두른다.

"그리 먼 일이 아닐지도 모르죠."

아버지는 프라이팬을 한 손에 들고 기름이 전체에 퍼지도록 돌렸다. 역시 익숙한 손놀림이다. 요코가 앉아 있는 곳에서 아버지의 옆얼굴을 볼 수 있었다. 너무도 진지한 표정이다.

"상대가 있는 거냐?"

그렇게 말하면서 풀어놓은 달걀을 프라이팬에 흘려 넣고 재빨리 나무젓가락으로 휘저었다.

"있을 리가 없죠. 난 중1이에요. 그러니까 만일의 이야기예요."

"그때가 되지 않으면 모르는 일이다."

조금 화가 난 것도 같다. 요코는 더 이상 아무 말도 하지 않았다. 아버지를 언짢게 해서 좋을 것은 없으니까.

아버지의 볶음밥에는 닭고기도 돼지고기도 들어 있지 않았다. 낫토도 캐비어도 없었다. 대신 어묵이 들어 있었다. 그런데 엄마가 만든 볶음밥보다 맛있다. 맛을 내는 데 비결이 있는 것일까. 아니면 불의 세기 때문일까.

"맛있어요."

"그러니?"

아버지의 대답은 냉담하다. 칭찬하는 보람이 없다.

"다음번에 쇼에게도 만들어줘요."

"아아, 그래."

마쿠아이도 서점에 가니, 오야마다 씨가 책을 정리하는 중이었다. 190센티미터나 되기 때문에 책장은 높은 위치까지 말끔하게 정리되어 있었다. 그러나 아직 끈에 묶인 채 바닥에 쌓여 있거나 상자에서 나오지 못한 책들도 있었다. 영원히 정리될 것 같지 않았다. 부지런히 일하는 더벅머리의 덩치 큰 남자는 마치 어떤 죗값을 치르고 있는 듯했다.

"고객이 왔을 때는 헤드폰을 벗는 거다."

요코가 가져온 카세트덱을 보고 오야마다 씨는 그렇게 주의를 주었다.

"알고 있어요."

"5시에는 아줌마가 돌아올 테니 그때까지 부탁해." 그렇게 말하고 오야마다 씨는 사라졌다.

요코는 계산대에 앉아 헤드폰을 귀에 걸고 카세트덱의 재생 버튼을 눌렀다.

2시간이 지나도 가게에는 아무도 오지 않았다.

지유와 쇼가 나타난 것은 아마 해가 기울기 시작한 무렵이었다. 지유는 스포츠웨어를 입고, 쇼는 교복 차림이었다.

"어라, 무슨 일이야?" 계산대 자리에 있던 요코가 헤드폰을 벗고 물었다.

헉헉헉, 쇼의 호흡은 금방이라도 끊어질 것 같았다. 이마의 땀을 교복 자락으로 닦고 요코의 질문에는 대답도 하지 않고 말했다. "물 한 잔만 줘."

"마라톤하고 있는 중이야." 지유는 쓴웃음을 짓고 있었다.

"하고 있는 중이라니, 또 달려야 해?" 쇼는 울음을 터뜨릴 것 같은 얼굴로 지유를 올려다보았다. "참아줘. 하악. 들어봐 누나. 지유 형, 완전 스파르타야. 하악. 아침부터 계속 달려. 이제 완전히 지쳤어. 하악."

"쇼는 좀 더 체력을 길러야 해. 겨울방학이 되면 더 본격적으로 트레이닝 해줄게."

"본, 본격적으로?!"

쇼는 책꽂이에 기대려고 했다. 그러나 조금 거리가 있었던 것이 좋지 않았다. 기댄다기보다 등부터 쓰러지는 모양새가 되었다. 요코가 아! 하고 소리쳤을 때는 이미 늦었다. 오야마 다 씨가 깔끔하게 정리해 둔 책이 쇼의 머리 위로 푸드득푸드득 눈사태처럼 떨어져 내렸다.

"오늘 아침은 미하루 씨가 아니었어."

계산대 저편에서 쇼가 힘주어 말했다. 그 손에는 월간 〈모〉의 지난호가 들려 있었다.

계속 마라톤 하려던 예정은 쇼가 투덜거리는 바람에 없던 것이 되었다. 눈사태를 일으킨 책은 지유가 다시 정리해 주었다.

"미하루 씨가 가족을 위해 된장국을 끓이다니 믿을 수 있어?"

요코는 쇼의 얼굴을 빤히 쳐다보았다. 작년까지 계집애로 오해받던 용모는 골격이 분명해졌고, 둥그렇고 통통하던 뺨에는 선이 생기기 시작했다. 단지 속눈썹은 길어서 눈가만 보면 엄마를 확연히 닮았다.

"있을 수 없는 일이야."

"절대 있어서는 안 되는 일이지. 그렇지, 지유 형."

지유는 쭈그리고 앉아 있었다. 책꽂이에 다 꽂지 못하고 바닥에 쌓아올린 책등 표지를 보기 위해 고개를 옆으로 기울이고 있었다. 그 자세로 대답했다. "이상하고말고. 그러나 미하루 씨도 인간이니 처음 보는 선 때문에 머리가 돌아버리는 것도 당연해."

"인간이 아니야." 쇼는 도저히 이해할 수 없다는 듯이 고개를 가로저었다. "외계인이 변한 거야. 미하루 씨의 얼굴을 찢어 그 안에 바퀴벌레 같은 외계인이 나와도 나는 놀라지 않아. 오히려 아하 그랬구나, 하고 생각할 거야.”

요코는 한숨을 쉬었다. 엄마는 가능한 한 빨리 동생에게서 월간 〈모〉를 빼앗아야 한다.

“지금 몇 시야?” 책을 물색하던 지유가 말했다.

“다섯 시.” 계산대에 있는 시계를 보고 요코가 대답했다. “미하루 씨, 지금쯤 식사하고 있겠지?”

“선을 보는 단계에서 우리들은 알아차려야 해. 지금 미하루 씨가 외계인이라는 것을.”

쇼는 여전히 엉뚱한 이야기를 계속했다. ‘우리들’은 나와 지유 오빠를 가리키는 건가?

“그럼 무엇 때문에?” 어디를 어떻게 부정하면 동생이 제정신을 차릴지 살피기 위해 요코는 오히려 질문했다.

“누나, 그거야 당연한 거 아니야? 지구 정복이지. 그 때문에 오늘 선을 본 상대와 먼저 교배할 작정이야.”

쇼가 말한 ‘교배’가 그 교배라는 것을 이해하는 데 요코는 조금 시간이 걸렸다.

통, 하고 지유가 두꺼운 책으로 쇼의 머리를 때렸다. “너, 교배라는 의미는 알고 있는 거야?”

요코는 물론 알고 있었다. 그 정도 성에 관한 말은 익히 알고 있다. 자신의 얼굴이 빨개지는 것을 느꼈다.

"결혼하고 아이를 만드는 거지." 중요한 부분이 쏙 빠져 있다. "그렇게 외계인이 자손을 늘려 우리들 지구인을 정복하려고 하는 거야."

입에서 침이 튀어나올 기세로 말하는 동생의 어깨 너머로 묘한 것이 보였다. 가게 앞에 후리소데(기모노 가운데 가장 화려한 미혼 여성의 예복)를 입은 여성이 걷고 있었다. 설마……, 하고 생각했지만 그 사람은 유리 문을 열고 가게 안으로 들어왔다.

"모두 다 있네." 미하루 씨였다. 후리소데를 입을 것이라는 말은 들어 알고 있었지만, 머리를 올리고 화장도 다른 사람처럼 하고 있어서 멀리서는 알아차리지 못했다. 그런데, 이 시간은 선을 보고 있어야 하는 시간이 아닌가. "요코, 미안한데 돈 좀 빌려줄래?"

"뭐? 왜?"

"택시비. 2천 엔만 있으면 돼. 상점가로 들어올 수 없어서 기다리고 있어. 빨리."

후리소데인데도 미하루 씨는 산더미처럼 쌓인 책의 틈새를 스르륵 통과했다. 다가오는 그녀에게서 쇼는 두세 걸음 물러섰다. 그러다가 바닥에 있는 잡지 더미에 걸려 뒤로 넘어지고 다시금 책의 눈사태를 일으켰다. 그런 쇼의 모습에는 신경도 쓰지 않고 미하루 씨는 계산대에 있는 요코에게 오른손을 내밀었다.

"2천 엔 없어."

"현금등록기의 돈이라도 괜찮아. 나중에 내가 아줌마한테 갚을게."

"내가 내고 올게. 택시는 상가 입구에 있어?" 지유가 말했다.

"아니야. 이 가게 뒤쪽 큰길. 옆집 약국 옆의 샛길로 나가면 바로야."

"샛길 같은 게 있었어?" 미하루 씨의 설명에 지유가 고개를 갸웃거렸다.

"고양이가 다니는 정도의 길이야."

"그건 길이 아니라 건물과 건물 사이의 틈이지." 요코는 질렸다. 그런 좁은 곳을 후리소데를 입고 잘도 지나온 것이다.

"택시에 백을 두고 왔으니까, 그거 잊지 말고 가지고 와."

지유를 보내고 나서 미하루 씨는 가게의 안쪽 문을 열고 신발을 벗고 다다미방으로 올라갔다.

문은 열린 채다. 미하루 씨는 화려한 불단을 등지고 앉아 뒤로 손을 짚고 다리를 쭉 뻗었다. 어디에서 나왔는지 금연파이프를 물고 있다.

"도망쳐 왔어." 예상했던 대답이었기 때문에 놀라지는 않았다. "로비에서 만나서 레스토랑 안으로 들어갔는데 화장실 다녀온다고 말하고 그대로 호텔을 빠져나와 택시를 탔어. 언니에게 맞추는 것도 이제 한계야."

기모노의 옷자락이 흐트러지고 흰 발목이 들여다보였다.

"너무해."

"오호, 요코. 그렇게 말하는 게 꼭 네 엄마 같다."

엄마까지 모욕당하는 기분이 들어서 참을 수 없다.

"싫으면 처음부터 거절하면 좋았잖아. 왜 남들한테 피해를 줘? 나빠."

목소리가 날카로워졌다. 요코는 화가 났다. 화를 낸다는 것 자체가 부끄러워서 고개를 숙였다. 그래도 화는 잦아들지 않았다.

"엄마는 미하루 씨가 걱정이 돼서, 오늘 여러 가지 도와주었잖아. 그런데 도중에 도망쳐 오다니. 진짜 너무 못됐어."

"그건……." 미하루 씨가 무슨 말인가를 하려고 해서, 요코는 얼굴을 들고 똑바로 노려보았다.

"늘 그렇잖아. 안 좋은 일이 있으면 슝 하고 어디론가 가버리잖아. 도망쳐버리잖아. 작은 선물이라도 사서 돌아오면 문제가 해결될 거라고 생각하고 있잖아. 너무 마음대로야. 그래서는 안 돼. 용서할 수 없어. 도망치기만 하는 미하루 씨, 절대 용서할 수 없어.”

“도망치지 않았어.”

미하루 씨는 시선을 똑바로 요코에게 향했다. 노려보고 있는 것은 아니다. 그 눈은 너무도 쓸쓸하고 슬퍼 보였다.

뻔뻔해, 그런 눈으로 나를 보다니. 화낸 내가 나쁜 것 같잖아.

“쫓아갔던 거야.”

“엉? 뭘?”

“글쎄. 무엇이었을까.”

미하루 씨의 표정이 한순간 바뀌었다. 요염한 여자의 미소다. 왠지 요코에게는 그것이 자신에게 도발하려는 듯 보였다. 너는 할 수 있어? 이런 웃음 지을 수 있어?

“이, 이것으로 됐어.” 쇼는 소리쳤다. “선에서 도망쳐온 것은 교배를 거부한 것으로 미하루 씨가 외계인이 아니라는 것을 증명한 셈이야. 기뻐할 일이야.”

이렇게 지구는 위기에서 구원받았다. 그렇게 말하고 있었다. 동생의 말은 어디까지가 진심인지 짐작할 수 없다.

영차, 미하루 씨는 일어서서 신발을 다시 신었다.

“어디 가?” 요코가 물었다.

그때 지유가 돌아왔다. “1,890엔. 미하루 씨, 빌려준 거야. 그리고 백.”

148

"땡큐." 미하루 씨가 백을 받아들었다. "지유, 미안한데, 다시 2천 엔 빌려주지 않을래?"

"어?" 지유의 시선이 요코에게로 옮겨왔다. 무슨 일 있었어? 그렇게 묻는 듯한 눈이다.

미하루 씨는 누구에게 확인하는 것인지 이렇게 말했다. "역 앞 로터리에 택시 정류장이 있었지."

선 자리에서 40분이나 자리를 비운 미하루 씨는 물론 상대방으로부터 거절당했다. 미하루 씨가 호텔로 돌아갔을 때는 상대가 돌아간 뒤였다고 한다.

엄마는 화를 분출할 곳을 찾지 못한 듯, 훗날 이 사건을 후루타에서 요코에게 털어놓았다.

"화장실이라고 말한 건 거짓말이야. 택시가 나가고 들어오는 걸 프런트에 있던 사람이 봤다니까. 그런데 미하루 씨는 어디에 갔다 왔는지 말하지 않아. 어쩔 수 없는 일이 있었다고만 말하니 원."

엄마는 평소의 온화한 얼굴이 아니었다. 분노를 드러낸 정도는 아니지만 미간에 주름을 잡고 있었다.

미하루 씨가 마쿠아이도 서점에 왔었던 것을 말해 버릴까, 요코는 그런 생각도 했지만 그만두었다.

지유도 쇼도 입을 맞춘 것은 아니지만, 이 건에 대해서 엄마나 아버지한테 이야기하지 않은 듯했다. 왠지 미하루 씨를 지켜주고 싶은 마음이 들었다. 틀림없이 지유도 초등학생인 쇼도 마찬가지일 것이다. 미하루 씨에게 인덕이 있어서? 설마 그렇지는 않다.

"그 역삼각형의 몸에 두려움을 느꼈을지도 몰라."

그렇게 말하면서 엄마는 단팥죽을 먹었다.

"역삼각형?"

"선본 상대 말이야. 옷을 입어도 울퉁불퉁한 몸을 알 수 있어. 가까이에서 보면 좀 그럴 거야. 그렇다고 도망칠 것까지는 없잖아."

"응석 부리는 거야, 미하루 씨는."

요코의 지적에 엄마는 "그래그래." 하며 고개를 끄덕였다. "정말 응석 부려. 그런데 요코야?"

"왜?"

"너 단팥죽 더 먹을 수 있니? 엄마 또 하나 주문할 건데, 반씩 먹자."

마치 자신의 분노를 절반으로 나누려는 듯했다.

"좋아."

그 뒤 엄마가 미하루 씨의 선에 대해서 포기했느냐 하면 그렇지는 않았다. 이전보다 더 열심히 선 상대 사진을 집으로 가지고 왔다.

미하루 씨는 그들을 조카들에게 보이며 대충 품평했다. 대개 토요일이나 일요일 밤이었다.

요코는 그때가 좋았다. 뭐라 해도 행복한 기분이 되었다. 이유는 간단하다. 지유의 웃는 얼굴을 볼 수 있었기 때문이다. 거짓 활기가 아닌, 진짜 웃는 얼굴을.

"화이트 크리스마스네. 요코 공주님!"

창틀에 걸터앉아 밖으로 내놓은 다리에서 부츠를 벗으면서 미하루 씨는 말했다. 어둠 속에서도 토해내는 숨이 하얀 것을 알 수 있었다.

"알았으니까, 어서 들어와."

요코는 딸기 무늬 파자마 위에 줄무늬 한텐을 입고 있을 뿐이라, 추워서 견딜 수 없었다. 밖은 진눈개비가 내리고 있었다.

다 벗은 부츠 두 짝을 왼손에 든 미하루 씨는 방에 들어오려고 하지 않았다. 설마 창틀에 앉은 채 잠이 든 것인가, 요코는 다시 한 번 말을 건넸지만 대답이 없었다. 있을 수 없는 일을 저지르는 게 이 고모의 일상이기에 요코는 고모의 얼굴을 보려고 창으로 다가갔다.

그러자 미하루 씨는 몸을 틀어 오른손을 크게 흔들었다. 그 방향으로 큰길이 약간 보인다. 분명 그곳에 있는 누군가에게

작별인사를 하고 있는 것이 틀림없다.

누굴까, 요코도 창에서 얼굴을 내밀려는 참에 미하루 씨가 창틀 위에서 엉덩이를 축으로 빙그르르 돌아 방으로 들어왔다.

요코는 길 쪽을 보았지만, 이미 아무도 없었다.

미하루 씨가 술에 취해서 요코의 방 창문으로 들어온 것은 오랜만이다. 전에는 1학기 마지막 날이었고, 오늘은 2학기 마지막 날이다.

여름방학부터 5개월 동안 요코는 키가 3센티미터나 자랐고, 몸에도 다소의 굴곡이 생겼다. 마쿠아이도 서점에서 매주 토요일 오후에 가게를 보게 되었고, 점장 아줌마로부터 한 번에 1천500엔의 아르바이트 비도 받을 수 있게 되었다. 그 중 1천 엔은 우체국에 저금한다.

결국 요코에게는 그 기간 동안 변화와 성장이 있었던 셈이다. 그러나 미하루 씨는 어떤가. 방에 들어오자 7개월 전과 같은 것을 물었다.

"요코 공주는 좋아하는 남자 없어?"

사촌 지유라고는 죽어도 말할 수 없다. 그것을 알아차린 것일까, "지유는 안 돼. 걔는 내 거야."라고 말하며 미하루 씨는 낄낄낄, 마치 마녀처럼 웃었다.

"무슨 소리를 하는 거야?" 한 번 소리치고 요코는 입을 꾹 다물었다.

"지유도 지금은 저런 멋진 몸매로 자라 희미하게 수염도 돋아서 징그럽지만, 쇼만 했을 때는 귀여웠으니까. 난 미하루 누나랑 결혼할 거야, 이렇게 자주 말했었어."

"음." 요코는 가능한 아무렇지 않게 대답했다. 지유는 열일곱이 된다. 쇼만 했을 때라고 하면 10여 년 전의 일이 아닌가. 요코가 유치원에 다닐 때다.

"뭐 해?"

"부츠, 어디에 둘까 생각하고 있었어."

"현관에 두면 어때? 그리고 곧장 자기 방으로 올라가면 되잖아."

"싫어. 혼자 있기 싫어. 아, 여기 둬도 돼?" 미하루 씨가 손가락으로 가리킨 곳은 책상 옆에 쌓여 있는 만화 잡지다. 끈으로 묶여 있으니 버리는 것이라 생각했던 모양이다. 요코가 대답하기 전에 부츠를 거기에 놓았다.

"이 방, 옷걸이 없어?" 미하루 씨는 코트를 벗었다. 안에서 빨간 원피스가 출현해 요코는 놀랐다. 7월에는 요코 엄마의 옷이었는데, 오늘은 그렇지 않은 듯하다.

"저 위에" 미하루 씨는 벽에 걸린 세일러복을 손가락으로 가리켰다. "코트 걸어도 돼?"

이번에도 요코의 대답을 기다리지 않고 옷을 걸었다. 그리고 그곳에서 빙그르르 돌았다.

"어때?"

"예뻐." 요코는 인정하지 않을 수 없었다.

"내가 빨간색이 어울리거든."

"샀어?"

"꽃집 미키 씨에게서 빌렸어. 이렇게 하면……" 미하루 씨는 앞으로 몸을 구부렸다. "안이 보여."

칼라 부분으로 들여다보이는 가슴의 굴곡에서 요코는 시선을 피했다. 자신의 굴곡과는 도저히 비교도 되지 않는다.

미하루 씨는 "우 춥다." 하며 그 모습 그대로 요코의 이불 속으로 들어갔다. "너도 거기에 앉아 있지 말고 안으로 들어와."

요코는 하는 수 없이 한텐을 벗고 이불 속으로 들어갔다. 그러자 미하루 씨가 양손 양발로 끌어안았다. 이런 건 좋아하는 남자에게나 해, 라고는 역시 말할 수 없었다.

"너는 따뜻하구나." 미하루 씨가 장난기 섞인 어조로 말했다. 그리고 하아, 하고 술 냄새를 뿜었다.

"제발."

"너 정말 좋아하는 남자 없어?"

"없다니까."

"나는 있어."

갑작스러운 고백에 요코는 말을 잃었다.

"지금도 그 사람이 여기까지 데려다주었어."

좀 전에 손을 흔들던 상대인가?

"괜찮다고 거절했는데…… 무슨 일이 있으면 큰일이라면
서." 그리고 미하루 씨는 흐흐흐, 하고 웃었다. 이미 눈은 감
고 있다.

"누구야, 그 사람? 내가 아는 사람이야?"

그러나 대답은 없다. "엉?" 하고 다시 한 번 물어도 미하루
씨는 새근새근 숨소리를 낼 뿐이었다.

으윽, 요코는 자신의 신음 소리에 눈을 떴다. 가슴 위가 이
상하게 무겁다. 조심스럽게 이불 속을 들여다보니, 사람의 다
리가 있다.

요코는 다시금 이불에서 얼굴을 내밀고 자신의 발아래를
보았다. 그러자 왼쪽 발아래에 미하루 씨의 얼굴이 있다. 입
을 반쯤 벌리고 행복한 듯 자고 있었다.

이 사람 이런 모습으로 자나? 미하루 씨의 발을 자신의 가

슴에서 내리고, 왼발이었다, 요코는 이불에서 나와 한텐을 입었다. 방 공기가 차가워 에취, 하고 재채기를 한 번 했다.

미하루 씨가 돌아왔을 때 눈이 내리고 있었지. 쌓였을까? 커튼을 연 순간 요코는 아, 하고 감탄했다.

"미하루 씨, 눈 아직도 내리고 있어."

너무도 기쁜 나머지 뒤돌아보고 말했지만, 고모는 잠을 깰 기색이 없다. 일어나도 어차피 귀찮을 뿐이다.

요코는 창을 열었다. 창틀에 손을 짚고 몸을 내밀어 하늘을 올려다보았다. 혀를 내밀어 내리는 눈을 받았다. 이런 어린애 같은 모습을 동생인 쇼에게 보이고 싶지 않다. 사촌오빠인 지유에게는 절대 안 된다.

눈은 벌써 10센티미터 정도 쌓여 있는데, 계속 내릴 모양이다. 옷을 갈아입고 밖으로 나가자. 중학교 1학년이나 되어서도 눈이 좋다니 창피하지만 들뜨는 마음을 억제할 수 없다.

창에서 몸을 돌리려 할 때, 길가에 사람의 그림자가 보였다. 요코는 그쪽으로 얼굴을 향했다. 남자가 혼자 서 있었다. 우산을 쓰고 있고 우산 그늘 탓에 얼굴은 분명하지 않다. 그러나 조금 통통한 체격으로 눈에 익었다.

츠토무 숙부다.

요코가 숙부와 만난 것은 2학기가 시작한 무렵이었다. 그

때 지유와 이 집에 왔었다. 지유를 두고 간 이후 행방을 알지 못했다. 요코가 몰랐을 뿐이고 아버지와 지유와는 연락이 닿고 있었을지도 모른다.

그런데 어째서 이런 곳에 서 있는 것일까. 아버지는 반년이면 결말이 날 것이라 말했지만, 이상하다. 5천만 엔의 빚, 그리 간단히 갚을 리 없다. 지유는 이 집에 왔을 때 그렇게 말했었다.

그로부터 4개월. 지금 눈 속에서 우산을 쓰고 서 있는 숙부는 초라해 보였다. 시꺼먼 큰 가방을 어깨에 짊어지고 있는 것이 더욱 그런 분위기를 자아내고 있었다.

우산이 조금 위로 향하고 얼굴이 나타났다. 숙부는 창에서 몸을 내밀고 있는 요코를 알아차리자 당황했다. 그러나 곧 등을 쭉 펴고 "잘 지냈니?" 하고 인사했다. 낮은 목소리는 이전과 변함이 없다.

"뭐 하세요?"

숙부는 의심스러운 듯 이쪽을 보고 있었다. 그리고 마침내 요코에게로 다가왔다.

뽀득 뽀득. 걸을 때마다 소리를 내는 것은 숙부의 장화였다.

이웃집 울타리와 우리 집 사이는 폭이 그다지 넓지 않다. 숙부에게는 좁은 듯 걷기 불편해 보였다. 게다가 우산 끝이

때때로 집 벽을 긁고 기기기긱 하는 소리를 냈다.

뽀득뽀득뽀득. 기, 기기기기, 긱. 뽀득뽀득뽀득.

마침내 숙부는 요코 앞에 닿았다.

"오랜만이구나. 잘 지냈니?"

숙부는 어떠세요? 라고 요코는 말하고 싶었다. 그런데 숙부가 비참하게 보이는 이유가 또 있었다. 체격은 변함이 없었지만, 뺨이 홀쭉해지고 수염이 돋아 있었다. 멋이 신조였던 숙부에게는 있을 수 없는 일이다.

"그럭저럭요."

"그럭저럭이라니, 상당히 명쾌하지 않은 대답이구나. 그런 건 네 아버지랑 꼭 닮았네. 말투도 그렇고."

숙부는 힘없이 웃었다.

"현관문 열어드릴게요, 들어오세요."

"아니다."

"이쪽으로 들어오실래요?"

"옛날에는 자주 그랬었지. 알고 있니, 요코? 이 방, 옛날에 내가 쓰던 방이란다."

"알아요. 책상도 숙부 거잖아요." 숙부는 요코의 이불 속에서 미하루가 자고 있는 것을 알아차렸다.

"뭐야, 저 녀석. 이상한 데서 얼굴을 내밀고 있네. 그런 모습으로 자는 거야?”

“네에.”

“늘 함께 자니? 미하루하고.”

“그럴 리 없죠. 어제는 모처럼요.”

어젯밤 일을 어떻게 설명하면 좋을지 몰라 잠자코 있었다.

“저 카세트텍. 지금도 쓰니?”

“네. 제가 음악 들을 때 써요.”

“오호. 저거 요코의 목소리를 녹음한다고 네 어버지가 사
온 건데. 그 테이프 어딘가에 있을 텐데.”

숙부는 방에 있던 석유스토브를 손가락으로 가리켰다. 불
은 붙어 있지 않았다.

“아직 쓸 수 있니?”

“좀 상태가 안 좋지만요.”

“내가 지금의 지유만 할 때 쓰던 건데. 형도 참 구두쇠네.
전기스토브 사달라고 해. 오호.”

숙부의 시선은 다시 다른 곳으로 옮겨갔다. 어젯밤 미하루
씨가 입고 있던 코트를 보고 있었다.

“요코, 네가 입고 있니?”

“아니에요. 미하루 씨 거예요.”

“아아, 그렇구나. 너에게는 아직은 크지. 저거 옛날에 할머

162

니가 입던 거야. 아, 옛날 생각나네.”

숙부는 정말 옛날 생각을 하고 있는 듯했다.

“내가 중학생일 때 이웃 마을 오마루에서 사왔어. 아직 있었구나. 좀이 슬지는 않았나. 네 방은 우리 집 박물관 같구나.”

숙부는 그대로 코트를 바라보고 있었다. 할머니를 생각하고 있는 듯이 보이기도 했다. 에취, 하고 커다란 재채기를 한 것은 미하루 씨였다. 깼는가 했지만 음냐음냐, 무슨 말을 중얼거리고 이불 속으로 머리를 집어넣었다. 요코와 숙부는 얼굴을 마주보고 작은 소리로 웃었다.

“지유 오빠 불러올까요?”

“아니다.” 숙부는 당황했다. 그리고 검은 가방에서 두툼한 봉투를 꺼내 요코에게 내밀었다.

“이거, 우체통에 넣을 생각이었는데, 안전하지 않은 거 같아서. 지유에게 아, 아니 너희 아버지가 좋겠어. 어느 쪽에게든 건네주렴.”

숙부의 기세에 눌려 요코는 봉투를 받아들었다. 내용에 대한 추측은 가능했다.

“들어오세요.”

지금 여기서 숙부를 집에 들이지 않으면 이제 앞으로 만날 수 없을 것 같은 기분이 들었다.

"아니, 괜찮아 정말. 그럼 가마."

가려고 하는 숙부의 팔에 요코는 창에서 몸을 내밀어 양손으로 매달렸다. "미하루 씨, 일어나! 츠토무 숙부가 왔어! 어서 일어나라니까!"

"놔라, 그만둬, 요코짱!"

"미, 하, 루, 씨!"

그러나 미하루 씨는 이불 속에서 나오려고도 하지 않았다.

전혀 도움이 안 된다!

요코는 필사적이었다. 받아든 봉투는 눈 위에 떨어졌다. 숙부도 들고 있던 우산을 편 채로 떨어뜨렸다.

"누가 좀 와줘! 아버지~! 지유 오빠~!"

이제 곧 엉덩이가 창 밖으로 나갈 판이다. 몸에 굴곡이 지기 시작한 숙녀가 취할 자세도 아니고, 이대로 있으면 밖으로 떨어진다.

"마음대로 해."

귓가에 화난 목소리가 들렸다. 그리고 다음 순간, 양팔이 너무도 쉽게 풀어졌다.

까악, 무슨 일이 일어났는지는 분명치 않다. 쇄골에 강한 충격이 있었다. 요코는 중심을 잃고 등부터 다다미로 쓰러졌다.

"미, 미안하다, 요코야."

그렇게 사과하고 숙부의 모습은 사라졌다. 요코는 양쪽 눈에서 눈물이 흐르는 것을 알았다. 아팠기 때문이기도 하다. 그러나 그 이상으로 숙부가 휘두른 폭력에 놀랐고, 마침내 앙앙 소리 내어 울부짖기 시작했다.

갑자기 미하루 씨가 이불 속에서 벌떡 일어섰다.

"무, 무슨 일이야? 왜? 요코? 지진? 불났어? 도둑이야?"

아버지와 엄마, 그리고 지유가 방으로 왔지만 요코는 패닉 상태였다. 쇼도 있었다. 손발을 버둥거리고 울부짖는 누나의 모습에 쇼는 놀라고 있었다.

엄마는 요코를 안아 아기처럼 달래주었다. 모두가 보고 있는 앞에서, 부끄러운 마음도 있었지만 눈물은 멈추지 않고 흘렀다. 아버지가 "왜 그래, 무슨 일이 있었니?" 하고 재촉하는 것을 엄마가 막았다.

마침내 마음을 가라앉힌 요코는 츠토무 숙부가 왔던 일을 천천히 이야기했다. 눈은 멈출 것 같지 않았다. 누군가가 닫아도 좋았을 텐데, 웬일인지 창문은 그대로 열린 채다.

지유는 무표정으로 서 있었다. 요코의 울음이 전염되었는지 지금이라도 울음을 터뜨릴 것 같은 쇼를 안고 머리를 쓰다

듣고 있었다.

요코의 이야기가 끝나자 어젯밤과 같은 차림의 미하루 씨가 창으로 다가갔다. 그리고 아래를 보더니 "있다, 있어." 하며 상반신을 구부려 두툼한 봉투를 주웠다. "우산도 떨어져 있는데, 저건 츠토무 오빠 거지?"

창을 닫고 봉투의 내용물을 확인하려는 미하루 씨를 "이봐!" 하고 아버지가 막았다.

"누구한테 주면 돼? 지유? 마나부 오빠?"

"내게 줘요." 엄마가 손을 내밀었다. 미하루 씨는 지유를 보았다. 아버지는 두리번두리번 모두를 보고 있을 뿐이었다.

요코가 앉은 위치에서는 지유의 얼굴이 보이지 않았다. 쇼는 아직 훌쩍거리고 있었다.

"전 필요없어요." 지유가 간단히 대답하는 것이 들렸다.

미하루 씨는 엄마에게 봉투를 건넸다.

"너는 계속 잤던 거야?"

"나, 오빠랑 똑같아. 한 번 누우면 일어나지 않는 사람이라서."

아버지는 여기에 토를 달았다. 그 옆에서 엄마가 봉투의 입구를 열고, 돈다발을 꺼냈다.

"오~." 아버지의 반응은 엄마에게로 향했다. 미하루 씨도 멍하니 넋이 빠졌다. 예상은 했지만, 1만 엔 지폐다발을 보고 요코도 마른침을 삼켰다. 엄마는 개의치 않고 돈다발을 세기 시작했다. 너무도 익숙한 손놀림이다. 한 번 확인이 끝나자, 다시 한 번 세기 시작했다. 모두 잠자코 그 모습을 바라보고 있을 수밖에 없었다.

"굉장해……." 쇼가 울음을 그치고 중얼거렸다.

"50만 엔." 두 번을 세고 엄마가 선언하듯이 말했다.

"지유야, 이거 맡아둘게."

"네." 필요 없다고 말한 지유가 그렇게 대답했다.

"자, 그럼." 엄마가 일어섰다. "아침밥 먹자. 요코 도와줘. 미하루 씨도 부탁해."

식사가 시작되어도 가족 모두 말수가 적었다. 이야기하는 것이라곤 간장 좀 줘, 낫토 없어? 하는 정도였다. 미하루 씨 도 그랬다. 이미 빨간 원피스는 입고 있지 않았다. 위아래 연지 색 셔츠에 요코와 같은 무늬의 한텐을 입었다. 모두 할머니가 만들어주었다. 저건 작년 10월에 만든 것이다. 그때 지유 자리에는 할머니가 앉아 있었다.

"저……." 아직 밥이 남아 있는데, 지유는 젓가락과 밥그릇을 내려놓았다. "고등학교 그만둘래요."

가족 모두의 시선이 지유에게 집중했다.

"그만두고 일할래요."

"무슨 말을 하는 거야?"

아버지의 거친 기세에 식탁에 침이 튀었다. 그러나 지금 지유를 책망할 사람은 없다.

"그것도 좋을지 모르지. 마쿠아이도 서점에서 일할래?" 미하루 씨는 느긋했다. 혹은 느긋한 척하고 있었다.

"너는 잠자코 있어."

"큰아버지!" 지유는 옆쪽에 앉아 있는 아버지를 물끄러미 보았다. "아버지는 이제 우리 앞에 나타나지 않을 거예요."

"바보 같은 소리 마라."

아버지가 노기를 띠었다. 그 표정을 보고 요코는 아버지도 그렇게 생각하고 있다는 것을 알았다.

"잠시 동안은 여기에서 지낼게요. 돈을 모으면 독립해서 후쿠이에 있는 엄마를 부를까 해요. 엄마도 외가에 면목없어 하는 것 같으니까요."

"그거야 그렇겠지. 그렇게나 부모가 반대하는 결혼을 했는데, 결국 이렇게 되었으니."

"미하루!" 아버지는 화가 난 나머지 의자에서 벌떡 일어섰다.

"마나부 오빠도 그 사돈 기억하고 있지?" 미하루 씨는 상관도 하지 않고 말을 이었다. "지금까지 지유와 만나려고도 하지 않잖아."

"아이 앞에서 무슨 말을 하는 거야!"

아버지의 화난 목소리에 쇼가 다시 울음을 터뜨렸다.

"싸우는 거 싫어요. 싸우지 마요."

"마나부 씨 앉아요." 계속 우는 쇼를 달래면서 엄마는 말했다. "지유야, 그 이야기는 나중에 천천히 하자꾸나. 알았지?"

아버지가 앉자 교대하듯이 지유가 일어서서 "나갔다 올게요." 하고 부엌에서 나갔다.

"기다려."

쫓아가려는 아버지를 미하루 씨가 잡아끌었다.

"내버려둬."

"네가 그렇게 말할 처지야? 네가 대체……."

"뭘?"

남매는 서로를 노려보았다.

"싸우지 마요." 소맷자락으로 눈물을 닦으면서 쇼는 다짐받듯 말했다. "싸우지 마요."

"그래 쇼, 네 말이 맞아. 지유의 달걀 프라이 먹으렴." 엄마가 달랬다.

이제 곧 새해인데, 아무래도 개운치 않았다. 그것은 요코만 그런 것이 아니었다. 식구들 모두가 그랬다.

먼저 아버지와 미하루 씨의 사이가 험악했다. 별일 아닌 것으로 둘은 금방 말다툼을 했다. 엄마가 중재에 들어가면 한순간 잦아들었지만 곧 또 다른 일로 싸움을 시작했다.

그러나 무엇보다도 지유의 태도가 이상했다.

아침식사와 저녁식사 때는 식탁에 앉았지만, 좀처럼 말을 하지 않았다. 그 외에는 어디로 나가거나 자신의 방에 틀어박혀 있었다. 겨울방학이 되면 본격적으로 운동하자고 쇼에게 말했음에도 그것도 하지 않고 있었다. 싫다던 쇼가 먼저 하자고 해도 잠자코 고개를 저을 뿐이었다.

지유는 요코와도 말을 섞지 않았다. 10월에 미하루 씨가 선본다고 했을 때, 쇼는 미하루 씨가 외계인과 뒤바뀌었다는 설을 주장했었다. 바보 같은 소리라고 상대해 주지 않았지만, 지금의 지유야말로 외계인과 뒤바뀌었다고밖에는 생각할 수 없었다.

딸깍 딸깍, 석유스토브는 점화 스위치를 눌러도 불이 붙지 않는다. 안에서 불꽃이 흩어지는 것은 보이는데 어째서일까. 요코는 끈기 있게 스위치를 눌렀다. 이윽고 폭 하는 소리가 났다.

따뜻해지기까지는 아직 시간이 걸린다. 요코는 스토브 앞에 누워, 헤드폰을 귀에 댔다.

"마쿠아이도에 다녀올게."

미하루 씨의 목소리가 현관에서 들렸다. 누구한테 말하는 것인지 알 수 없지만, 일단 요코는 "응." 하고 대답했다. 그리고 스토브 반대쪽에 놓인 카세트덱의 재생 버튼을 눌렀다. 안에 든 테이프는 물론 지유에게 받은 것이다. 그러나 지금은 그 음악이 최고라고 생각하지 않는다. 첫 번째 곡의 절반까지 듣고 중지 버튼을 찰칵 하고 눌렀다.

천정을 올려다본다. 바로 이 위에 지유가 있다. 무엇을 하고 있는지 신경이 쓰인다. 계단을 올라 방 안을 들여다보면 끝날 일이지만, 그럴 수 없다.

5천만 엔의 빚을 떠안은 아버지와 외가에서 면목없어 하는 엄마. 그런 양친을 두고 어찌할 수 없는 딜레마가 지유 안에 있다. 그러나 그 고통, 고민, 괴로움까지는 알 수 없다. 상상하려 해도 알 수 없는 지유의 마음.

요코는 카세트덱을 곁눈으로 본다. 이게 지유 오빠와 이어주는 기계라니…… 바보였어, 나는.

미하루 씨 선 상대의 사진을 보며 웃었던 것은 불과 3주 전일이다. 그런데 너무도 옛날 일처럼 생각된다.

지유의 웃는 얼굴, 진짜 웃는 얼굴, 그것을 다시 볼 수 있을까. 눈가로 눈물이 흘러넘친다. 그러나 요코는 닦지 않고, 그대로 두었다.

"누나, 들어가도 돼?"

부엌 쪽 문에서 소리가 들렸다. 쇼다.

"잠깐만." 윗몸을 일으키고 눈물을 손으로 닦았다. "들어와."

들어온 쇼는 커다란 종이가방을 들고 있었다. 무슨 일인지 코를 킁킁거렸다.

"이 방, 무슨 냄새 나지 않아?"

"스토브 냄새야. 신경 쓰지 않아도 돼. 그런데 왜?"

"누나, 지금 우리 집 말이야." 쇼는 요코의 발아래에 똑바로 앉았다. 종이봉투는 자기 옆에 두었다. "삐걱거리지. 덜컹거린다고 해야 할까?"

"응. 뭐 그런 상태지." 요코는 애매하게 대답했다.

"이런 때 할머니가 있었다면 좋았겠지? 아버지와 미하루 씨가 말다툼할 때도 화해를 잘 시켰을 테고, 츠토무 숙부도 어디론가 가지 않았을지 모르고."

할머니가 있어도 5천만 엔의 빚이 해결되었을 리는 없다. 그러나 동생이 말하는 것에는 일리가 있는 듯도 하다. 할머니가 살아 있으면 아버지와 츠토무 숙부, 미하루 씨의 불평과 불만을 귀담아 들었을 것이다. 그것만으로도 충분히 상황이 변했을 가능성은 있다.

"실은 〈모〉의 통신판매 페이지에서 좋은 걸 봤어."

잡지 이름이 나온 순간 요코는 이상한 예감이 들었다. 쇼는 종이봉지 안에서 은색의 헬멧을 꺼냈다.

"뭐야, 그건?"

묻는 것조차도 바보 같은 짓이라 생각했지만, 묻지 않을 수 없었다.

"죽은 사람과 접속할 수 있는 기계야."

쇼는 헬멧과 소책자를 꺼내 요코에게 건넸다. 거기에는 '영혼 통신장치 이타코이라즈의 설명서'라고 적혀 있었다. 예감은 적중했다.

"얼마야?"

"1,980엔."

헬멧의 은색은 칠해진 것이 아니라 알루미늄 호일을 붙인 것이었다. 5천만 엔의 빚이 있는 아버지를 둔 지유보다도

1,980엔으로 이런 것을 사는 동생을 둔 자신이 안쓰러웠다.

"어제 저녁 때 배달받아서 화장실에서 몇 번 시험했었어. 그런데 아무래도 잘 안 돼서."

"잘 안 된다니, 그럼 결국……."

"할머니와 접속하지 못했어." 당연한 일이다. "불량품이면 교환하려고 하는데, 그 전에……." 쇼는 요코에게 헬멧을 내밀었다.

"뭐야?"

"누나가 해봐줄래?"

"누구 다른 사람에게 해달라고 해."

"방금 전 지유 형에게는 부탁해 봤어."

"지유 오빠한테?"

"전혀 상대를 안 해줘."

이전 지유였다면, 흔쾌히 해주었을 텐데.

"부탁이야, 누나."

학교 성적은 결코 나쁘지 않다. 머리는 그런대로 좋은 동생이 어째서 이런 것에 혈안이 되어 있는지 요코는 이해할 수 없다. 그러나 그 나름 가족을 생각한 것임은 틀림없다.

요코는 카세트덱을 봤다. 자신은 이것을 통해 지유와 연결되어 있다고 생각하고 있었다. 그러니 동생의 일이라고 웃어

넘길 수 없다.

"어떻게 하면 되는데?"

"이것을 쓰고, 할머니와 만나고 싶다고 강하게 염원하기만
하면 돼."

요코는 은색 헬멧을 받아들고, 쇼가 말한 대로 했다. 자신
이 지금 얼마나 바보 같은 모습일까.

"눈 감아."

"그래."

요코는 할머니가 쓰러졌을 때의 일을 떠올렸다.

히나인형이 든 상자를 들고 "누가 불을 끈 거니?" 라고 두
려운 목소리로 말하던 할머니의 그 표정.

"어때, 누나. 보여?"

"아무것도 안 보여. 그보다 쇼, 이 헬멧 너무 작지 않아? 머
리가 아파."

"이상하다. 나한테는 헐렁했는데. 나는 그것 때문에 접속
이 안 되는가 생각했어. 그런데 이상해."

"뭐가 이상해?"

이상하다니, 쇼의 목소리가 훨씬 멀리서 들려오는 듯하다.

"나도 머리가 아프고 뭣 때문인지 속이 울렁거려."

"나도, 그래." 그러나 입이 생각처럼 움직이지 않았다.

정신을 차리니 그곳은 이웃 마을인 오마루였다. 왠지 요코는 그렇게 확신했다. 거리가 번화한 것은 오늘이 일요일이기 때문이다. 이것도 틀림없다.

요코는 4층 부인복 매장을 걷고 있었다. 그러자 몇 미터 앞에 아는 사람들이 모여 있는 것이 보였다.

"엄마, 이걸로 해요."

중학생 츠토무 숙부가 몇 번이나 권하는 소리가 들렸다.

"어떻게 할까?" 할머니가 곤혹스러워 한다. 할머니는 아기를 안고 있었다. 미하루 씨다. 요코는 그렇게 이해했다. 그렇다면 할머니는 마흔 전후인가? 겉보기는 30대 전후로 보였다.

"젊은 사람들 거잖니?"

"괜찮다니까요, 엄마. 충분히 젊어요. 그렇지, 형?"

"응." 평상복에 학생 모자를 쓴 고등학생 아버지가 선뜻 수긍했다. 그 저편에는 할아버지가 있었다. 요코에게는 그것이 부러워서 조금 눈물이 나올 것 같았다.

"츠토무, 너에게는 정말 못 당한다니까." 그러면서 할머니는 전혀 싫지 않은 모양이다.

"한번 입어 봐요." 츠토무 숙부가 손을 뻗었다. "대가 미하루 안고 있을 테니."

"내가 할게." 아버지가 앞으로 나서서 아기 미하루 씨를 받아들었다.

할머니는 코트를 손에 들고 탈의실로 향하던 도중, 눈물을 찍어 누르던 요코를 알아차렸다.

"요코 아니니? 어때? 너희들은 모두 건강해?"

할머니에게 그런 말을 들어도 요코는 별반 이상하다는 생각을 하지 않았다. 무리하게 미소를 짓고 "네, 그럭저럭요." 하고 대답했다. 미하루 씨를 달래고 있는 아버지와 숙부는 요코를 알아차리지 못했다.

자신의 모습은 할머니한테만 보이는 것인지도 모른다.

"정말?" 할머니의 미간에 주름이 잡혔다. "나를 걱정시키지 않으려고 억지로 웃고 있잖니."

들켰다. 그래, 우리 집은 거짓 활기의 집안이다.

"사실은 여러 가지 큰일들이 있어요."

"츠토무 때문에?"

"네."

"츠토무는 옛날부터 그랬지. 아직 어린아이야. 마흔이 되어서야 비로소 어른으로서의 시련을 겪고 있는 거란다. 조만간 돌아올 테니 걱정하지 마라."

"조만간이라면, 언제요?"

"조만간은 조만간이지."

"빨리 돌아오지 않으면 지유 오빠가 학교 그만둘 거예요."

"지유는 지유 생각대로 하게 둬도 괜찮아. 고등학교를 그만둬도 좋고, 일하러 나가도 좋고. 지유는 츠토무보다 훨씬 어른인걸. 마나부보다도."

나도 그렇게 생각한다. 요코는 마음속으로 동의했다.

아기 울음소리가 들렸다. 미하루 씨다.

"저 녀석들 아기를 울렸네." 할머니가 아버지와 숙부가 있는 곳으로 돌아가려고 했다. "참, 미하루에게 결혼식에 가지 못해서 미안하다고 전해 주렴."

"결혼식? 그거 언제 하는데요?"

"조만간에."

할머니는 흐흐흐, 하고 웃었다. 미하루 씨와 같은 웃음소리였다.

"저기, 할머니."

"왜?"

"여기는 사후 세계예요?"

"아니야." 할머니는 놀란 표정으로 말했다. "오마루의 매장 4층이야."

“정신이, 드니?” 지유 얼굴이 불과 10센티 정도의 거리에 있어서 요코는 놀랐다.

“어, 어.” 어떻게 된 거야, 라고 말하고 싶었는데 혀가 움직이지 않는다. 지금 있는 곳이 오마루의 4층이 아니라, 자신의 방이라는 것만은 알았다.

“괜찮아, 누나?”

지유의 등에서 쇼가 얼굴을 내밀었다.

“쇼도 아직 누워 있어. 이제 곧 나스 선생님이 오실 거야.”

몸이 굉장히 나른했다. 머릿속에 아직 통증도 있고 해서, 요코는 얌전히 누운 채로 있었다.

나스 선생님은 그로부터 5분도 되지 않아서 도착했다. 요코와 쇼를 진찰하는 동안에, 엄마가 시장에서 돌아왔다.

“무슨 일이야?” 하고 소리치는 엄마에게 나스 선생님은 부드럽게 말했다. “일산화탄소 중독입니다.” 원인은 석유스토브의 불완전연소였다.

“지유의 응급처치 덕분에 요코도 증상이 가벼워서 다행이에요. 그래도 내 차로 둘을 대학병원으로 옮길게요. 그곳에서 정밀검사를 해봅시다.”

먼저 요코가 정신을 잃고, 놀란 쇼가 두통과 현기증을 느끼면서도 문을 열고 지유를 불렀다고 한다.

"응급처지라니……."

"인공호흡이요." 나스 선생님은 아무렇지 않은 듯 말했다.

"역시 지유가 등산부에 있다더니 그런 걸 배웠니?"

"아아, 네에." 지유는 난처한 얼굴을 하고 있었다.

인공호흡이라니…… 요코는 자신의 입술을 손가락으로 만졌다. 그리고 심장 박동이 빨라지는 것을 느꼈다.

문득 벽에 걸린 코트가 눈에 들어왔다.

흐흐흐 흐흐흐.

누군가의 웃음소리가 귓가를 맴돈다.

미하루 씨의 웃음소리일까, 할머니의 웃음소리일까.

흐흐흐 흐흐흐.

제7화 이제부터

요코가 마쿠도아이 서점에서 가게를 보고 있을 때, 불쑥 손님이 나타났다.

"안녕!" 하고 아버지가 산처럼 쌓인 책들 사이를 능숙하게 빠져나오면서 계산대 근처로 왔다.

"무슨 일이세요?" 요코는 손에 들고 있던 문고본을 덮어 책상에 두고 아버지에게 물었다.

"일이 있을 리 없지." 아버지는 미간에 주름을 잡았다. "앞을 지나다 보니 네가 있기에 들어온 거야."

고개를 끄덕이다가 요코는 정말 그럴까, 의심쩍은 생각이 들었다. "나, 아버지한테 부탁할 일이 있는데요."

"내게? 무슨?"

"어젯밤부터 카세트덱 상태가 안 좋아요."

"하긴 너랑 같은 나이니, 이상이 생기기도 하겠지. 수리할까? 아니면 아예 새 워크맨 사줄까?"

“이걸로 충분해요.”

“우리는 재정이 곤란하지는 않으니, 워크맨 정도는…….”

“이처럼 커다란 게 좋아요.”

아버지는 잠자코 입을 다물었다. “우리 집 여자들은 진짜…….” 작은 소리로 투덜대더니, “너 그런 거 읽니?” 하며 요코가 읽고 있던 책을 손가락으로 두드렸다.

“이거, 여기 거 아니에요. 아버지 책장에 있던 거예요.”

“이거 내 거 아니다. 아마 미하루 책일 거야.” 아버지는 책을 팔락팔락 넘기고 고개를 끄덕였다. “역시 그래.”

“뭐가 그렇다는 거예요?”

“이렇게” 아버지는 책을 펼치고 요코 쪽으로 내밀었다. “마음에 드는 대사나 좋은 문장이 있는 페이지 아래를 접어 놓는 버릇이 있잖니. 위가 아니라 아래 말이야. 아버지와 같은 버릇이야.”

“아버지라면 할아버지요?”

요코는 할아버지의 얼굴을 사진으로밖에 본 적이 없다.

“책을 좋아하셨지. 여기에도 자주 오셨어.”

“그랬어요?”

“몰랐구나.”

“네.” 요코는 끄덕였다. 우리 집에는 여전히 수수께끼가

많다.

"할아버지는 여기 돌아가신 주인과 동갑 친구였거든."

"처음 들었어요."

"딸이 있었는데 아주 옛날에 나고야로 시집갔어. 나와 초중고등학교 때 같은 반이었지."

"그 사람, 혹시 아버지의 첫사랑?"

무심코 말이 나왔다.

이 마을 사람 대부분이 아버지와 동기생이거나 선후배 사이다. 전부터 그중에 첫사랑이 있는 것은 아닐까, 신경이 쓰였었다.

"아니." 아버지는 곧바로 부정했다. "내 타입이 아니었어."

아버지가 타입 운운해서, 요코는 조금 놀랐다.

"수고해라. 나는 이제 간다." 아버지는 다시 산처럼 쌓여 있는 책들을 빠져나갔다. 출구에 거의 다다랐을 때 얼굴만 요코를 향했다. 무슨 말인가를 하려고 했다.

"왜요?"

"그 커다란 남자."

"오야마다 씨?"

"그래그래. 그 사람 어떠니?"

"어떠냐면, 평범해요."

"평범하다니." 아버지는 불만스러운 듯하다. "달리 할 말은 없는 거냐?"

"오야마다 씨라면 쇼가 더 잘 알아요. 늘 쇼와 놀아주거든요."

사촌오빠 지유가 집을 나가고 나서 쇼는 마쿠아이도 서점에 오는 빈도가 늘었고, 자연스럽게 오야마다 씨와 사이가 좋아졌다. 그러나 지금 쇼는 없다. 토요일 이 시간은 학원에 있다.

"벌써 물어봤어."

"그랬어요? 뭐라고 해요?"

"덩치는 크지만 평범하다고."

그렇게 말하는 아버지의 얼굴을 보고, 이것을 벌레 씹은 얼굴이라고 하는구나, 하고 요코는 생각했다. 그런데 그 벌레는 어떤 벌레일까.

"미하루 씨에게 물어봐요. 미하루 씨가 가장 잘 알 테니까요. 가장 오랫동안 만나왔으니까요."

"그럴 수 있으면, 네게……."

"앗!"

"왜?"

"본인이 왔어요."

"안녕하세요!" 오야마다 씨가 다리로 유리문을 열고 들어왔다. 양손에 상자 세 개를 안고 있었다.

　아버지는 얼굴을 그쪽으로 향하고, 오, 아, 오, 하며 뒷걸음쳤다. 그리고 쌓여 있던 책에 걸려 그 자리에 넘어졌다. 그와 동시에 책들이 우르르 무너지고 아버지는 책더미에 깔려버렸다.

　요코가 거기까지 이야기하자 지유는 소리 높여 웃었다.

　와이셔츠에 감색 정장, 거기에 감색 넥타이. 이런 차림을 하면 누구든 어른처럼 보이는 것이라 생각했지만, 지유는 달랐다. 집에 있을 때보다 더 어린아이 같다. 정장이 조금 큰 탓만은 아닐 것이라 생각한다. 요코에게 위화감이 느껴지는 것은 지유가 쓴 은테 안경 때문이다.

　그러나 지금, 소리 내어 웃는 지유는 옛날의 그다.

　그런데 장소가 나쁘다. 재즈인지 뭔지 하는 음악이 흐르고, 반지하의 조금 어둑한 찻집에서 손님들은 혼자 책이나 신문을 읽고 있었다. 둘이 있는 건 지유와 요코뿐이다. 손님 몇 명이 두 사람을 노려보고 있었다.

　"웃을 일이 아니야." 요코는 일부러 목소리를 죽여 말했다. "그 뒤에 큰일이 있었으니까."

　"어떤 큰일이었는데?"

　"갈비뼈가 부러졌어."

"뭐?" 안경 너머의 눈이 커졌다.

"그렇다고, 아버지가 주장했어. 오야마다 씨가 일으켜주었지만 그 뒤 가슴을 누르고 큰 소란을 피웠어. '이 통증은 한 대가 아니야, 두 대가 부러졌어' 하고 말했어. 쏟아져 내린 책 속에 커다란 사전이 세 권이나 있어서 아버지한테 직격탄이 되었으니 그럴 수도 있는 일이라서, 나는 걱정이 됐어."

"그래서, 어떻게 됐어?"

"오야마다 씨가 안쪽 방으로 데리고 갔고, 그 뒤에 나스 선생님을 불렀지."

"그 사람 내과의잖아."

"아버지가 '너무 아파, 아파.' 하며 소란을 피우니까 내가 전화를 걸었어. 나스 선생님도 사람이 좋지. 10분도 되지 않아서 달려왔어. 그런데 선생님은 핫피(옷 위에 덧입는 무릎까지 오는 길이의 상의)를 입고 있었어."

"핫피라면, 마츠리(일본의 축제) 때 입는 거?"

달리 어떤 핫피가 있겠어? 미하루 씨라면 그렇게 말했을 것이다. 그러나 요코는 조용히 끄덕였다.

"공주네 마을은 지금 마츠리 하고 있어?"

공주라니. 이제 곧 중2가 되는데 아직도 아이 취급이다.

옛날에는 그렇게 불리면 기뻤는데, 지금은 창피하다. 이렇게 사람들 앞이라면 더욱 그렇다.

"마츠리는 여름에만 해. 나스 선생님은 아와오도리(십수 명
이 무리를 지어 악기의 연주에 맞춰 추는 춤) 모임에 들어 있거든. 내
전화를 받은 아주머니가 시민홀의 연습장에서 아와오도리를
연습하고 있는 나스 선생님한테 연락을 해주었던 거야. 진찰
도구는 아주머니가 가지고 왔어."

그러나 나스 선생님은 진찰 도구를 사용하지 않았다. 크고
호화로운 불단 옆에 누워 있는 아버지의 가슴을 세 곳 통통
통, 하고 두드리기만 했다.

"나스 선생님이 '부러지지 않았으니 괜찮아. 조금 쉬면 통
증은 곧 없어질 거야.' 라고 해도 아버지는 받아들이지 않았
어. 나스 선생님의 머리를 잡아당기며 빨리 병원으로 옮겨 엑
스레이든 뭐든 찍으라고 난리를 피웠어."

"갈비뼈가 부러졌다면 그렇게 잡아당기지도 못하잖아?"
요코는 끄덕였다.

"그래도 결국 오야마다 씨가 마쿠아이도 서점의 경트럭으
로 나스 병원으로 옮겼어. 나는 그 뒤에 남아서 가게를 봤지
만."

"박정하구나, 공주는. 아버지가 다쳐서 병원으로 옮겨졌는
데도."

"그게……." 요코는 말꼬리를 흐리며 응석을 부리는 말투가 되어 있는 자신에 놀랐다. 그런 자신이 믿을 수 없어서 무심코 얼굴이 빨개졌다. 지유는 그것을 알아차리지 못한 모양이다.

"결과는 어땠어?"

요코는 한 번 기침을 하고 나서 대답했다. "한 시간 뒤에 집으로 갔더니, 툇마루 쪽에서 쇼에게 장기를 가르치고 있었어."

"쇼가 장기를? 왜?"

"그 녀석 〈모〉를 더 이상 사지 않게 되면서 시간이 남거든."

쇼는 정기구독하고 있던 〈모〉를 올해 들어서면서 사지 않았다. 오히려 사서 모아두었던 과월호 모두를 폐품으로 내버렸다.

'영혼 통신장치 이타코이라즈' 실험 뒤, 쇼는 굉장히 동요했다. 영혼 통신장치와 일산화탄소 중독에는 아무런 관련성도 없다. 그저 우연이다. 그러나 쇼는 자신이 누나를 죽일 뻔했다는 생각에 〈모〉를 믿고 있던 자신을 책망하고, 이윽고 모든 것을 버렸다.

엄마는 크게 기뻐했다. 원래 아들의 그런 취미를 기꺼워하지 않았다.

"그럴 필요까지는 없었는데." 요코가 말하자 "이제 됐어." 하며 동생은 미소 지었다. 엄마를 닮은 부드러운 표정이었다.

"〈모〉뿐만이 아니야. 초자연 현상과 같은 것에 대해서도 모두 그만뒀어."

그래도 쇼가 현관문과 정원에서 밤하늘을 올려다보는 모습을 때때로 보았다. 아마 UFO를 찾고 있는 것인지도 모른다.

"그렇군."

지유는 코에 걸린 안경을 집게손가락으로 치켜 올렸다. 그 모습이 굉장히 거슬렸다. 지유의 시력은 좌우 모두 2.0이다. 안경점 점원이 안경 쓰는 것은 자연스러운 거라는 설명을 했지만, 나쁘지도 않는데 안경을 쓰는 것이 요코에게는 자연스럽게 보이지 않았다.

"너희 엄마는?"

"엄마는 엄마지."

"그게 무슨 말이야?" 지유는 큭큭, 하고 작은 소리로 웃었다. 이것도 또 옛날의 그다.

지유는 올 초에 요코의 집을 나갔다. 비슷한 시기에 고등학교도 그만두었다. 지금은 요코가 사는 마을에서 전차로 1시간 걸리는 이 마을의 안경점에서 일하고 있다. 그리고 그 직장과 멀지 않은 아파트에서 혼자 살고 있다.

지유는 모든 것을 결정하고 나서 요코의 부모에게 집을 나가겠다고 알렸다. 두 사람 모두 어떻게든 막으려 했지만, 지유의 의지는 강했다. 후쿠이 본가에 있는 자기 엄마에게 이미 허락을 받은 용의주도함에 요코의 부모는 어쩔 수 없이 허락할 수밖에 없었다. 엄마는 츠토무 숙부가 맡긴 50만 엔을 지유에게 건넸다.

"그런데 하필 왜 안경점이야?" 요코가 물었다.

"고교 중퇴인데도 정사원이 되고, 그럭저럭 급여가 좋은 곳은 여기밖에 없었어." 지유는 담담히 대답했다.

요코는 지유가 근무하는 곳을 처음 방문했다. 예전부터 찾아오려고 했지만, 결심이 서지 않았다. 오늘 불현듯 각오를 하고 마음이 변하기 전에 서둘러 왔기 때문에 미리 연락할 틈은 없었다. 안경점이 있는 마을은 요코가 사는 마을과 같은 철도선이라서 그리 멀지 않을 거라 생각했는데, 의외로 시간이 걸렸다. 11시 전에 학교를 나왔는데 도착한 것은 12시 반이다. 지유는 갑자기 가게에 나타난 요코에게 당황하면서 앞으로 20분 뒤가 점심시간이라고 작은 소리로 알렸다. 소고기덮밥을 사줘서 먹고, 이 찻집으로 왔다.

"미하루 씨는?"

"그것이 오늘 최고의 빅뉴스야."

"결혼한다는……?"

"에이, 아니." 요코는 손을 내젓고 말했다. "사무직에 취직했어."

"사무직? 미하루 씨가? 어디에?"

"신바시에 있는 회사. 매일 아침 7시에 일어나서 7시 반에 집을 나가. 미하루 씨가. 믿을 수 있어?"

지유는 팔짱을 끼었다. "믿을 수 없어."

"그렇지? 저녁식사 때 그날 무슨 일을 하고 왔는지 이야기하는데, 전화를 받거나 서류를 복사하거나, 모두에게 차를 타 줬대."

"평범하네."

"평범하지."

"미하루 씨가 평범한 일을 할 수 있으리라고는 생각하지 못했어."

"가능했어. 본인도 놀란 모양이야. 어제는 전화를 어떻게 받았는지 직접 시범을 보여주었는걸. 입사한 지 이제 2주일도 안 되었어. 그런데도 상당한 경지에 이르렀어. '네, 죄송합니다. 과장님은 잠시 자리를 비웠습니다. 용건이 있으시면 메모를 남겨드릴까요?'"

요코는 미하루 씨 흉내를 냈다. 지유는 굉장히 재미있었던 지 크게 웃었다. 그러자 점원이 와서 "조금 조용히 해주세요."라며 눈치를 줬다.

"그런데 미하루 씨, 왜 평범한 사무직 여성이 되려고 생각한 걸까?"

"지유 오빠 때문이야."

"나?"

"고등학교를 그만두면서까지 일을 하려는 사람이 있으니까, 미하루 씨도 뭔가 생각하지 않았겠어? 오빠가 우리 집을 나가고 곧바로 미하루 씨 본인이 아버지한테 어디 일할 데 없느냐고 물어왔어."

"내가 일을 시작한 건 나름의 이유가 있었기 때문이야."

"미하루 씨의 경우, 엄마가 선보라는 공세가 더욱 심해졌기 때문일지도 몰라."

"그래도 신바시의 사무직 여성이야."

지유는 감개무량하게 말했다. 그러고 나서 정장 주머니에서 손수건을 꺼내 안경을 손에 들고 렌즈를 닦았다. 이것도 굉장히 거슬렸다.

"할머니의 제사가 언제지? 절에서 하는 거야? 아니면 집에서?"

“아마도 집이지 않겠어?”

“그때 참석할게. 우리 아버지는 물론 엄마도 후쿠이에서
올 수 없으니, 큰아버지에게 말해줘.”

“응.”

“미하루 씨는 아무렇지 않을까?”

“뭐가?”

“장례식 때처럼 도망치지 않을까 해서.”

“아, 아아.”

그때 미하루 씨가 나라와 교토에 갔던 일은 지유도 알고 있
었다. 그러나 그 이유는 모를 것이다. 요코는 미하루 씨가
“엄마, 엄마” 하며 울던 밤의 일을 떠올렸다.

“공주는?” 지유의 목소리에 요코는 제정신이 들었다.

“응? 아아, 나는 물론 갈 거야.”

“아니, 제사가 아니라…… 내가 나온 뒤에 별일 없었어?”

“특별히 없어.”

“통통해졌구나.”

이 말에 요코는 화가 났다. 섬세함이라고는 전혀 없다. 너
무하다. 안경 쓴 지유를 가볍게 노려보았다.

“공주는 통통한 게 예뻐.”

“뭐?”

"벌써 시간이 이렇게 됐네."

요코는 그제서야 지유가 손목시계를 차고 있다는 사실을 알아차렸다. 은색의 커다랗고 네모난 시계다. 안경과 마찬가지로 지유에게 어울리지 않는다.

"이제 5분이면 휴식시간이 끝나. 가게로 돌아가야 해." 지유는 일어서서 정장 상의를 입었다. "공주야, 다음에 올 때는 전화 줘."

"나, 오빠 전화번호 모르는걸."

"그런가?" 다시 앉은 지유는 가슴 주머니에서 작은 종이를 꺼냈다. 명함이다. "필기도구가 있나?"

요코는 가방에서 볼펜을 꺼내 지유에게 건넸다.

"핑크색인데."

"상관없어." 지유는 명함 뒤에 숫자를 쓰기 시작했다. 전화번호다. "자, 이거……."

요코가 인생에서 처음 받은 명함이다.

"다음에 또 보자." 지유는 정장 주머니에서 카세트테이프를 꺼내 테이블 위에 놓았다. "요즘 듣는 거야. 밥 먹으러 나오기 전에 워크맨에서 꺼내왔어. 줄게."

"좋아?"

"응, 좋아."

“짜~아~안.”

저녁식사 후, 미하루 씨가 방에 들어왔다. 요코는 지유한테 받은 테이프를 듣고 있는 중이었다. 미하루 씨를 불만스럽게 올려다보았다. 기분이 상당히 좋은 그녀는 한 번도 본 적 없는 옷을 입고 있었다.

“그거 혹시 회사 유니폼이야?” 카세트덱을 멈추고, 헤드폰을 벗고 물었다.

“맞아.” 미하루 씨는 빙그르 돌았다. “어때?”

“색깔이 이상해.” 요코는 솔직하게 말했다. 녹색과 갈색을 섞은 듯한 색이다. 이상하다고밖에 말할 수 없다.

“그렇기는 하지.” 미하루 씨는 솔직히 인정했다. “그래도 이 칼라 귀엽지? 둥그런 것이.”

“디자인은 좋은데, 그런데 스커트 좀 짧지 않아?”

무릎이 보인다. 미하루 씨는 누워 있는 요코를 건너뛰어 의자에 앉았다.

“짧게 했어.”

“직접?”

“그래. 모처럼 입는 유니폼인데” 미하루 씨는 발을 꽜다. “길고 아름다운 다리를 숨기는 거 아쉽잖아.”

낮은 위치에서는 허벅지 안쪽까지 보인다. 안 될 것을 봐버린 듯한 기분이 들어 요코는 몸을 일으켰다.

"그렇게 마음대로 하면 꾸중 듣지 않겠어?"

"꾸중 들었어."

역시.

"경리 보는 아줌마한테 야단맞았어. 그래도 서무과 부장님이 괜찮다고 말해줘서 무난히 넘어갔어."

정말 무난히 넘어간 것인지, 의문이다.

"회사란 곳은 재미있네. 학교는 같은 또래만 있어서 시시했는데, 회사는 여러 연령대의 사람들이 있어서 재미있어. 곤란한 것은 아침 일찍 일어나야 한다는 거지. 게다가 매일 나가야 한다는 건 정말 싫어."

"세상 대부분의 사람들은 참고 그렇게 하고 있어."

"참을 일이 아닌데." 미하루 씨는 어느 사이엔가 금연파이프를 입에 물고 있었다. "지유, 잘 지내?"

갑자기 물어서 요코는 대답할 말을 찾지 못했다. 오늘 지유를 찾아간 것을 식구들은 아무도 모른다. 기말고사 마지막 날이어서 시험이 끝난 뒤 지유가 있는 곳으로 향했다. 돌아온 시간은 4시 조금 전이었는데, 엄마한테는 "마쿠아이도 서점에 들렀어."라고 말하니 특별히 묻지 않았다.

"지유를 보러 간 게 아니었어?"

"어떻게 그걸 알아?"

"안다기보다는……" 미하루 씨는 책상 위의 종이조각을 집어 들었다. "지유의 명함이 여기에 있잖아."

아이코, 책상 위에 놓았었구나.

저녁식사 전에 책상에서 지유의 명함을 바라보면서 어둑해질 때까지 찻집에서 나눈 이야기를 머릿속으로 되새기고 있었던 것이다. 아마 그러면서 히죽히죽 웃고 있었을 것이라 생각하니 요코는 부끄러웠다.

"오늘, 갔다 왔지? 너, 기말고사 마지막 날이니까 오후 시간 텅 비어 있었을 테고."

날카롭다. 나의 고모를 13년간 공으로 하고 있었던 게 아니다.

"그래 어땠어? 잘 지내고 있어?"

"여기에 있을 때와 마찬가지야."

"그렇다는 건 잘 지낸다는 거네."

거짓 활기. 그래, 이 집안 식구들이 잘하는 것이다. 사람들이 걱정하지 않도록, 잘 지내는 척한다. 나 자신도 그렇다. 요코는 생각했다. 그건 핏줄이다.

"그리고?"

"정장을 입고 넥타이를 매고, 안경을 쓰고 있었어."

"지유가 안경을? 녀석에게 어울리지 않아." 지유 오빠도 미하루 씨에게 그런 말을 듣고 싶지 않을 것이다. "그리고?"

"할머니 제삿날에 온다고."

미하루 씨의 뺨에 경련이 이는 것을, 요코는 놓치지 않았다.

"아직 먼 일이야."

"한 달 남았어. 미하루 씨가 참석할지 걱정했어."

"건방진 자식. 지유를 보면 때때로 아버지가 생각나."

"아버지라면, 할아버지?"

"완고하고 엄하신 분이었어. 옛날 아버지는 모두 그렇지. 나는 막내에 여자이니 응석부릴 만하다고 생각해. 그런데도 예의가 없다면서 자주 혼냈어."

"우리 아버지도 나를 자주 혼내."

미하루 씨는 얕잡아보는 듯한 웃음을 흘리고 "마나부 오빠는 아무것도 아니야." 하고 말했다. "대나무 자로 엉덩이를 우악스럽게 때리지는 않잖아."

상상만으로도 아프다. 요코는 얼굴을 찌푸렸다. "그런 심한 일은 할 리가 없지."

"나는 맞아봤어. 마나부 오빠는 죽도로 맞아서 엉덩이가 통통 부어올랐어. 2, 3일 앉아 있지도 못했는걸. 학교에서도 서서 수업을 받고, 집에서도 서서 밥을 먹었어. 잠잘 때도 엎드려 잤고."

처음 듣는 이야기였다.

"이유 없이 화내지는 않지. 말하는 것은 모두 이치에 맞아. 그러니까 혼이 나도 대들지도 못했어. 자신에게도 엄격한 사람이었으니까. 그런 점이 지유와 똑같아. 격세유전이라고 하던가, 그런 걸."

그제서야 미하루 씨는 명함의 뒷면을 보았다.

"뭐야, 이 숫자. 설마 지유 아파트 전화번호?"

"으응."

"핑크색으로 쓰니 왠지 의미 있어 보이면서 섹시한데."

"필기도구가 없어서, 내 펜 빌려줬어."

왠지 변명하는 말투가 된다.

"어머, 그래." 미하루 씨가 가볍게 대답하고 나서 "좋구나, 명함이라니." 하고 부러워했다. "나도 명함 갖고 싶다. 나는 내근직이라 명함은 필요 없대. 그래도 역시⋯⋯."

미하루 씨는 일어나서 등을 쭉 펴고, 지유의 명함을 내밀며 난 이런 사람입니다, 하고 인사를 했다. "이런 거 하고 싶어. 영업부로 가겠다고 말해 볼까."

"영업이라면 어떤 일이야?"

미하루 씨는 요코 옆에 정좌를 하고 앉아 "그러니까, 사장하고……" 술을 따르는 시늉을 했다. "일단 한잔 드세요. 아이코 진짜로 수고하셨습니다. 오늘은 일 이야기말고, 한잔 쭉 들이킵시다, 한잔 쭈~욱."

갑자기 시작된 미하루 씨의 일인극에 요코는 당황했다.

"뭐, 뭐야?"

"접대야, 접대. 아카사카의 요정이나 긴자의 바에서 거래처 사장님과 술을 마시는 거지. 이것이 영업이라는 거야."

"거래처 사장님과 일 이야기는 말자고 하면서?"

물론 중1인 요코에게는 영업이 무엇인지 모른다. 그러나 미하루 씨가 오해하고 있는 것은 알 수 있다.

"아버지도 회사에서 영업하지만, 아카사카의 요정이나 긴자의 바에는 가지 않았을 거야."

"그것은 아직 마나부 오빠가 말단이라서 그래."

어린 시절은 아버지에게 앉지 못할 정도로 두들겨 맞고, 마흔이 지난 지금 여동생에게 말단취급을 받는 아버지가 불쌍하다.

"아버지는 말단이 아니야. 얼마 전에 과장이 됐어." 요코가 옹호하기 시작했을 때다.

"이봐, 아무도 없어?"

아버지의 우렁찬 고함소리가 들려왔다.

아버지는 현관문에 끼어 있었다. 아니, 그렇게 보였다.

"무슨 일이세요?" 어이없어하면서도 엄마는 현관으로 내려가 문에 손을 댔다. 상당한 힘을 실어 열려고 했지만, 무리였다. 건구점에서 와서 고쳤는데도 이 문은 20센티미터밖에 열리지 않는 일이 종종 있었다. 지금이 그렇다. 아버지는 그 틈새로 무리하게 들어오려고 하고 있었다.

"얼마 전까지는 이 정도면 빠져나갔는데."

"쇼, 도와줘." 엄마의 말을 듣고 쇼도 현관으로 내려섰다.

아버지는 술에 취해 있었다. 기분이 상당히 좋은 모양이다. 미하루 씨를 보고, "뭐야, 그 모습은?" 하고 눈을 둥그렇게 떴다.

"회사 유니폼." 미하루 씨는 솔직히 대답했다.

"스커트 길이, 그렇게 짧아?" 그것에 놀란 것인가.

"어, 엄마!" 쇼의 목소리가 희미하게 떨렸다. "저쪽에 누가 있어."

뿌연 유리 문에 사람 모습이 엿보였다. 엄마를 비롯해, 요코도 미하루도 일제히 마른침을 삼켰다.

"바보. 뭘 놀라는 거야. 손님이야, 손님."

"오늘 저 실례 좀 하겠습니다."

귀에 익은 목소리가 밖에서 들렸다.

"오야마다 씨?" 미하루 씨가 말했다.

"네." 아버지의 머리 위로 오야마다 씨의 얼굴이 나타났다. 현관 불이 닿지 않는 조금 떨어진 곳에 있어서 어둠 속에 어렴풋이 떠 있다. 마치 잡지 〈모〉의 지면을 장식하던 심령사진 같다. "상당히 취하신 거 같아서 무슨 일이 생길까봐 모시고 왔습니다."

무슨 일이 생길까봐. 이전에 누군가가 그렇게 말했었다. 그런데 누구였더라. 요코는 생각한다. 자신이 직접 들은 게 아니다. 언제 누가 말한 것을 들었던 걸까.

"알았으니, 어서 들어와. 오야마다 씨."

"늦은 시간에 죄송해서요."

"무슨 그런 말을, 아직 초저녁이야."

"벌써 9시가 넘었어요, 마나부 씨." 엄마의 어조는 딱딱했다. 평소 아버지는 이즈음에서 어깨를 움츠리고, 단념한다. 그러나 오늘은 달랐다.

"아직 9시잖아. 오야마다 씨, 한두 시간은 괜찮지? 괜찮으면 오늘 자고 가. 할 얘기도 산더미야. 쇠기러기에 대해서도 좀 더 듣고 싶고."

"뭐야? 쇠기러기라니?" 쇼가 물었다.

추신, 쇠기러기는 없어.

"오야마다 씨는 대학에서 철새를 연구하고 있대. 철새라고 해도, '마이트 가이'(영화 〈철새〉 시리즈에서 유명한 액션배우 고바야시 아키라의 별명)는 아니야." 그렇게 말하고 아버지는 혼자서 웃었다. 무엇이 우스운 것인지 요코는 알 수 없었다. 다른 가족도 마찬가지였다. "쇠기러기는 철새야. 봄이 되면 캄차카 반도에서 아키타의 하치로가타까지 날아온대. 그 생태를 조사하는 거야. 그렇지? 오야마다 씨."

하치로가타는 미하루 씨가 작년 9월에 여행 갔던 곳이다. 그래, 요코는 생각을 떠올렸다. 캄차카 반도에 갈 생각이었는데, 금전적인 여유가 없어서 하치로가타로 결정했다.

"미안해요, 폐를 끼쳐서." 엄마가 아버지 너머로 사과했다.

"내가 마시자고 했어."

아버지는 몸을 비틀고 문틈을 빠져나왔다. 그리고 돌아보며 손짓했다. "오야마다 씨도 어서……."

"아니, 저는 정말……."

오야마다 씨는 조금 앞으로 다가왔다. 현관의 등불이 그를 비추고, 얼굴이 분명해졌다. 약간 빨개져 있었다.

"그렇군. 자네는 체격이 좋으니까. 이리로는 들어올 수 없겠어.”

아버지는 입고 있던 얇은 코트와 정장 상의를 한꺼번에 벗고, 와이셔츠 소매를 접어올리고, 문으로 손을 가져갔다.

“정말 괜찮습니다. 저, 돌아갈게요.”

“빼지 마. 이건 요령이 있어. 이렇게 반대방향으로 밀고서는 말이지.” 덜컹 하고 문이 닫혔다. “그리고 이쪽으로 잡아당기면 돼.”

그러나 아버지가 아무리 힘을 실어도 문은 덜컹덜컹 흔들릴 뿐 열리지 않았다. 엄마는 어이없는 얼굴을, 쇼는 하품을 하고 있었다. 미하루 씨는 무표정이다.

“어라. 열리지 않네.”

“내일 제가 일찍 일어나야 해서요. 오늘은 잘 먹었습니다.”

뿌연 유리 너머로 오야마다 씨가 멀어져가는 것을 알 수 있었다. 문득 정신이 들었을 때, 미하루 씨가 거실에서 내려서고 있었다.

“오빠, 잠깐 비켜줘.”

“으응, 왜?”

미하루 씨는 슬리퍼를 신고 그 발끝으로 문 아래를 찼다.

“오, 난폭하게 굴면 부서져.”

꽝, 꽈아앙, 꽝. 아버지가 말려도 미하루 씨는 거침없다.

불현듯 요코는 크리스마스 이브 날 밤에 이불 속에서 미하루 씨와 나누던 대화를 떠올렸다.

너, 정말 좋아하는 남자 없어? 나는 있어. 지금도 그 사람이 여기까지 데려다주었어. 괜찮다고 거절했는데, 무슨 일이 있으면 큰일이라면서.

"미하루 씨!" 요코는 자신도 모르게 소리치고 있었다. "좋아하지? 오야마다 씨를!"

고모의 동작이 멈췄다. 뒤돌아서, 요코를 쳐다봤다. 당당한 그 얼굴은 아름답고 신비롭기까지 하다.

미하루 씨는 힘껏 고개를 끄덕였다. "좋아해. 불만이야?"

"내 방 창문으로 나가는 게 빨라."

미하루 씨는 슬리퍼를 신은 채 현관에서 집 안으로 올라, 복도를 달리고 있었다. 남겨진 네 식구는 그 뒷모습을 멍하니 지켜볼 수밖에 없었다.

"네 방 창문이 아니라, 툇마루 쪽 덧문이 가깝지."

아버지가 말했다. 지금에 와서.

"왜 오야마다 씨와 마신 거야?"

엄마가 아버지에게 물었다.

"지난번에 도와준 일 고맙기도 해서, 한잔 하자고 꼬였지. 그 사람 상당히 괜찮은 젊은이라 기회도 좋고 해서 미하루에

206

대해 슬쩍 물었지. 그런데 '나 같은 건 미하루 씨의 상대로 부족합니다.'라면서 거절했어. 그런데 미하루는⋯⋯."

아버지는 고개를 갸웃거렸다. 그리고 요코를 보았다.

"너, 알고 있었어? 저 두 사람 일?" 알고 있던 것은 아니다. 그렇지만 어떻게 대답하면 좋을지 몰랐다. "언제부터야? 대체 두 사람은 언제⋯⋯."

"이제부터예요." 엄마였다.

"이제부터?" 아버지가 반복했다.

"아직 두 사람은 그걸 알아차리지 못했어요. 데이트 정도는 했을지 몰라도, 아직 정말로 서로를 좋아하는지 분명히 알지 못했어요. 그렇지만 방금 전 요코의 말을 듣고 미하루 씨는 깨달았어요." 이야기하면서 엄마의 뺨은 발그레했다. 미하루 씨의 마음이 옮겨온 듯했다. "그걸 가르쳐주려고 오야마다 씨를 쫓아간 거예요. 그러니 이제부터예요."

"봐!" 쇼가 득의양양한 얼굴로 가족 모두를 둘러보았다. "내가 말한 대로잖아."

방의 다다미 위에 샌들 자국이 남아 있었다. 창은 열린 채다.

차가운 바람이 들어왔지만 요코는 곧바로 닫지 않았다. 창틀에 양손을 짚고 밤하늘을 올려다보니 지그재그로 날고 있

는 빛나는 물체가 눈에 들어왔다. 쇼를 부를까 했지만, 그만
두었다. 조용히 창을 닫고 커튼을 쳤다.

그날 밤, 미하루 씨는 집에 돌아오지 않았다.

마지막 이야기
대기실의 두 사람,
혹은 세 사람

“요코도 고등학생인가? 빠르네.” 미하루 씨가 거울을 향해 감개무량한 듯이 말했다. “나도 서른이 되었으니…….”

좁은 방에 요코와 미하루 씨 둘뿐이었다. 가게 점원에게 대기실에서 기다리라는 안내를 받았지만, 문에는 ‘준비실’이라는 명패가 붙어 있었다. 단, 방에 비품 같은 것은 없었다. 어딘가로 치워졌을 것이다.

요코는 미하루 씨 뒤에서 의자에 앉아 등을 기대고 있었다. 전신거울 세 장이 미하루 씨를 에워싸고 있었다. 한가운데 있는 거울에 요코와 미하루 씨가 비쳤다.

웨딩드레스를 입은 미하루 씨는 도저히 서른으로는 보이지 않는다. 그러잖아도 어려 보이는데, 지금은 스물두세 살이라 해도 믿을 것이다. 그러나 그것을 요코는 말하지 않았다. 만일 말했다면, ‘아부를 하다니 너답지 않아.’ 하며 꾸짖을 것이 틀림없기 때문이다. 태어나서 15년간 계속 이 사람과 지내왔기 때문에 대충 예측할 수 있다.

"중학교 졸업식이 다음 주 월요일이던가?"

"응. 그런데?"

"누군가한테 두 번째 단추(교복의 두 번째 단추는 심장과 가장 가까워 '마음'으로 대변된다.) 받았어?"

"받을 리 없지."

"이미 결정된 상대가 있다고 말하는 게 좋을까?"

"없어, 그런 사람."

"없어, 그런 사람." 하고 미하루 씨는 요코를 흉내냈다. "내가 너만 했을 때는 남자친구가 세 명 있었어."

그것은 그것대로 문제가 있었겠지.

"인생은 짧으니, 사랑하라! 좋아하는 남자는 있겠지?"

"없.다.고."

"나는 있는데."

당연한 고백을, 그렇게 힘주어 말할 필요는 없다.

"알고 있어. 지금 그 남자와 결혼할 거잖아?"

"정답!" 우흐흐 하며 거울 속의 미하루 씨가 입가에 웃음을 띠었다. 그 표정으로 "오야마다 미하루, 오야마다 미하루, 오야마다 미하루." 하고 주문을 외듯이 세 번 반복했다. "어때?"

무엇이 어떻다는 것인지, 요코는 이해할 수 없다.

"듣기 좋은 이름이야."

그런 것인가. 오야마다 씨와 미하루 씨는 아직 함께 살고 있지 않다. 오늘 아침까지 미하루 씨는 요코의 집에 있었다. 그러나 벌써 1주일 전에 혼인신고를 했다.

"우리 집 이름은 흔하잖아. 그래서 나 이렇게 긴 이름을 동경했었어. 이주인伊集院이나 도쿠다이지大寺에는 미치지 않지만 상당히 좋지 않아? 오야마다."

그렇다면 좀 더 빨리 결혼하면 좋았지. 알고 지낸 지 3년, 교제하기 시작한 지 2년 만에 미하루 씨와 오야마다 씨는 오늘 결실의 날을 맞이했다.

"요코도 빨리 성 바꾸는 게 어때?"

"나는 내 성, 마음에 들어."

"그럼, 그걸로 쭉 가. 그러는 동안 쇼가 먼저 결혼하고, 집에서 그 올케가 거북해 하면 좋겠다."

이상한 말이다.

"그렇게 되면 서둘러 집을 나와서 혼자 살 거야."

"그럴 수 있어, 너? 혼자 살 수 있겠어?"

예상하지 못한 미하루 씨의 반격에 요코는 초조했다.

"그거야, 뭐……."

“난 못해. 외롭잖아.”

어린아이 같은 말을 하고 미하루 씨는 한숨을 쉬었다.

“마음이 차분해지질 않네. 역시 긴장하고 있는 건가.”

그때 노크 소리가 들렸다.

“미하루 씨!” 엄마였다. “들어가도 돼?”

“네, 들어오세요.” 미하루 씨가 대답하자, 문이 열렸다.

“어머나, 이런…….” 들어오자마자 엄마는 흥분한 듯 말했다. “아름다워, 미하루 씨!”

“원래 예뻐요.” 미하루 씨가 겸손할 리 없다.

“나도 오타 씨네서 만들었어야 했어.”

웨딩드레스를 말하는 것임을 알고 미하루 씨는 요코를 보고 쌉쌀한 얼굴을 했다.

“무슨 일이야?” 요코는 엄마에게 물었다.

“용건이 있는 건 아니고, 미하루 씨 드레스를 보고 싶었을 뿐이야. 정말 아름다워, 이 드레스. 그렇지만 이게…….” 엄마는 노골적으로 금액을 입에 담았다.

요코는 처음 들었다. 내 적금의 두 배다.

“싸죠.”

싼 건가, 그 금액이?

“빌리는 것도 가격이 꽤 해서요. 그래서 만들기로 한 거예요.” 미하루 씨가 말했다. “어렵게 만들어주었어요.”

“오타 씨, 큰일이었겠네. 원래도 없던 머리카락이 한 올도 남지 않을 정도니.”

“그건 제 드레스 때문이 아니에요.” 미하루 씨가 예쁜 눈썹을 치켜 올렸다. “딸이 가출해서 마음고생이 심했던 거죠.”

그러나 엄마는 그 말을 듣지 않고 “요코!” 하고 거울에 비친 요코에게서 실제 요코에게 시선을 옮겼다.

“너도 오타 씨에게 만들어달라고 부탁할까?”

“요코 것을 만들면 좀 더 돈이 들어요, 언니.” 미하루 씨가 쓸데없는 말을 했다. “이 아이 평소에는 얌전하고 깔끔한 옷을 좋아하는 거 같지만, 사실은 그렇지 않은걸요.”

“그랬어? 오늘 입은 옷 마음에 안 드니?” 엄마는 절반은 걱정스럽고 절반은 차가운 듯한 어조로 물었다.

요코는 이 결혼식에 교복인 세일러복 차림으로 참석할 생각이었다. 관혼상제에는 학교 교복을 입어도 좋다고 아버지가 말해서 요코 자신도 그렇게 생각했었다. 그런데 미하루 씨는 반대했다. 그러면 요코가 불쌍하다, 입고 싶은 옷을 입혀야 한다.

“불만스러울 리 없지. 나, 이거 입고 싶어서 입은 거야.”

지금 요코가 입고 있는 것은 엄마가 사준 원피스다. 사실은 엄마의 그 연두색 옷이 좋았지만 여름옷이라서 포기했다. 요코는 거울 속의 미하루 씨를 노려보았다. 순백의 의상을 몸에 두른 고모는 그것과 어울리지 않는 웃음을 머금고 있었다.

"분명한 증거가 있어."

"그, 그거는 장난이었어."

요코의 얼굴은 자꾸만 빨개졌다.

미하루 씨가 식장을 선택한 것은 작년 가을부터 연말에 걸쳐서다.

그 시기, 요코는 입시 준비에 쫓기고 있었다. 그러나 미하루 씨는 요코의 방에 결혼식장 카탈로그를 가지고 들어왔다. 어떤 때는 술에 취해 있는 경우도 있어 결국에는 감당할 수 없었다. 더 이상 지켜볼 수 없었던 아버지가 주의를 주었다.

그래도 미하루 씨는 상관하지 않았다. "오야마다 씨와 이야기하면 되잖아." 하면 "이런 건 제3자의 눈이 필요한 거야." 하고 대답했다.

요코에게 완전히 방해만 되었던 것은 아니다. 입시 공부에서 잠시 숨을 돌릴 수 있었고 내 결혼식은 아니지만 결혼식에 대해 생각하는 것은 그런대로 즐거웠다.

그런데 미하루 씨가 정말 상담해 왔는가 하면 그렇지도 않았다. 카탈로그를 보고 여러 가지 토를 달았다.

기독교 신도도 아닌데 왜 예배당에서 혼인서약을 해야 하느냐, 영국 왕실을 의식해서 로열 웨딩? 흥! 의식하지 마, 영국 왕실 같은 건. 성가대? 현악사중주? 어느 나라 이야기야? 봐, 요코, 외국인 목사가 대기 중이래. 장내 중앙 천정에서 신랑신부가 곤돌라를 타고 등장한대!

취하지 않아도 이 정도는 줄곧 퍼부었다.

그러는 동안 미하루 씨는 오야마다 씨와 식장을 보러 다녔고 돌아오면 요코의 방에 와서는 불평을 늘어놓았다. 점차 넋 놓고 보고 있을 수 없었다.

"그럼, 미하루 씨는 어떤 결혼식을 하고 싶은 거야?"

크리스마스도 끝난 연말, 요코는 참지 못하고 거친 목소리로 묻고 말았다. 그러자 미하루 씨는 진지한 얼굴로 생각한 뒤, 이렇게 대답했다.

"식 올리는 거 싫어. 그건 인간들의 자기만족일 뿐이야. 피로연만 하고 싶어. 그것도 식사가 맛있는 곳이 좋겠어. 지금까지 결혼식에 나온 요리가 맛있었던 적이 없거든."

"그럼, 어디 맛있는 레스토랑을 빌리는 건 어때?"

요코가 제안하자 미하루 씨는 "너 머리 좋구나." 하며 고개를 끄덕였다. "그 정도로 머리가 좋으면 입시 공부 같은 건

하지 않아도 고등학교에 합격할 거야.”

“그것과 이것은 다르지.”

“내친 김에 드레스 상담 좀 하자. 내일 같이 가줘.”

“같이 가다니, 어딜?”

“웨딩드레스를 빌려주는 가게가 있다고 해서.”

“그래?” 세상에는 무엇이든 있구나, 요코는 묘한 감동을 받았다.

“그리고, 어디 있더라……..”

미하루 씨는 결혼식장 카탈로그 다발 속에서 한 장의 종이를 끄집어냈다. 거기에는 흰 웨딩드레스 차림의 금발 미인이 고개를 숙이고 미소 짓고 있었다.

“이거다. ‘행복한 당신을 보다 행복하게 만들어드립니다.’ 이거 나쁘지 않대. ‘저희 숍에는 2천 벌의 웨딩드레스를 준비하고 있습니다. 당신의 마음에 쏙 드는 드레스를 찾을 수 있습니다. 꼭 방문해주세요.’”

다음 날, 그 가게 앞까지 온 요코는 놀랐다. 카메라를 목에 건 사촌오빠 지유가 서 있는 것이다. 미하루 씨가 불렀다는 것은 안다. 그런데 왜?

“미안. 오래 기다렸어?”

“조금.” 하고 대답한 지유는 안경을 고쳐 썼다.

요코의 집에서 살던 무렵의 그가 아니다. 이미 지유 오빠는 가볍게 이야기할 수 없는 분위기를 내뿜고 있었다.

"자, 안으로 들어가자."

그렇게 말한 미하루 씨의 뒤를 요코와 지유가 따라갔다.

"공주야, 오랜만이야." 지유가 미소지으며 말했다. 할머니의 세 번째 제삿날 이후 9개월 만이다. "공주는 잘 지내니?"

"응, 그럭저럭." 요코는 작게 고개를 끄덕였다. 앞서는 미하루 씨를 잡아 "왜?"라고 작은 목소리로 물었다.

"오야마다 씨가 홍백전 건으로 미팅이 있어서. 그래서 못 와."

요코의 질문에 대한 대답은 아니다. 오야마다 씨는 일본 야생조류협회 회원이다. 그리고 그믐날 NHK 홍백전에서 투표한 사람들의 표수를 센다는 것은 알았다.

"그게 아니라, 왜 지유 오빠가 왔어?"

"사진 찍어달라고 부탁했어. 봐 저 아이, 일안렌즈의 좋은 카메라를 가지고 있잖아. 츠토무 오빠가 남겨준 거야."

남겨준 것이라니 가당치도 않은 말을 한다. 숙부는 2년 전 큰 액수의 빛을 안고 행방을 감춘 채다.

교실 넓이의 장소에 웨딩드레스가 즐비하게 늘어서 있었다. 이만큼 있다면 마음에 드는 한 벌 정도는 발견할 수 있을 것 같았다. 미하루 씨는 먼저 요코에게 선택하라고 했다.

"이건 어때?"

먼저 스커트 자락이 레이스로 장식된 롱 드레스를 선택했다.

"너, 이런 공주풍 취향이었어? 어리구나."

"미하루 씨에게 어울릴 거 같아서."

열다섯 살의 요코는 어린아이 취급 당하는 것이 가장 불쾌하다. 화가 나서, "그럼, 이건?" 하고 다른 것을 꺼냈다. 가슴께가 구슬과 스팽글로 장식되어 있고, 등은 방사선상의 끈으로 맨살이 드러나는 드레스였다.

"느낌이 팍 오지 않는데." 미하루 씨는 냉소적으로 말했다.

그러는 동안, 지유는 조금 떨어진 곳에서 멀건이 있을 뿐이었다. 지유만 그런 것이 아니다. 신랑이 되려는 남자들은 가게 안에서 모두 같은 처지였다. 세상에 그런 규칙이 존재하는 양.

요코는 몇 개인가를 미하루 씨에게 제안해 보았지만 모두 난색을 표했다.

요전에도 비슷한 일이 있었던 듯하다. 그게 언제였더라. 그래, 생각났다. 엄마가 가지고 온 선볼 상대의 사진을 미하루 씨가 계속 거절했을 때다.

"너랑은 취향이 안 맞아. 이제 됐으니 저쪽으로 가."

미하루 씨에게 차인 요코는 화가 났다. 사람을 억지로 데리고 와서는, 이래서는 안 되지 않나 항의해 보았지만 미하루 씨는 이미 드레스 선택에 열중해 있다.

뭐야, 진짜. 상관없어. 내 걸 고를 거니까. 언제 입을지, 5년 뒤, 10년 뒤의 일이 될지도 모른다. 아니, 어쩌면 앞으로 요 며칠 동안 운명적인 만남이 있은 후 고등학교에 진학하지 않고 1년 뒤에 전격적으로 결혼해도 좋다. 부모님이 허락하든 말든.

요코는 모든 망상을 펼치면서 처음에는 놀이 삼아 고르던 것을 점점 진지하게 고르기 시작했다. 미하루 씨와 지유의 일 같은 건 까맣게 잊고 있었다.

"손님!"이라는 말에 정신이 들었다. 엄마와 비슷한 연령의 여성이 빙그레 웃는 얼굴로 요코를 보고 있었다. 점원이다. 꾸중을 듣는 걸까, 하는 생각에 "죄송합니다." 하고 말했다. 열다섯 살의 요코는 세일러복을 입고 있지는 않았지만, 갈래머리를 하고 더블코트 차림이라 입시생의 모습을 하고 있었다.

그런데 점원은 "한번 입어보시겠어요?" 하고 물어왔다.

"아니, 저는……." 왠지 거절하기 어려운 분위기였다.

"어떤 것으로 하시겠어요?"

"그게, 저……." 요코는 장소를 이동했다. "이, 이것으로 입어볼게요."

맨 처음 미하루 씨에게 권했던 롱 드레스다. 미하루 씨에게 어울릴 것이라 생각해서, 라고 말한 것은 거짓말이었다. 아니, 말했을 때는 진심이었다. 사실은 내가 입고 싶었던 거야.

"그럼, 자 이쪽으로 오세요."

점원에게 이끌려 요코는 피팅룸으로 향했다.

미하루 씨가 요코를 보고 있었다. 드레스를 고르던 손을 멈추고 '뭐야? 너.' 라는 표정이다. 메롱 하고 놀려줄까 했지만, 다른 사람들도 있어 그만두었다.

피팅룸은 몇 개가 있었다. 요코는 그중 한 방으로 들어갔다. 무지 넓게 보이는 것은 벽 전체에 거울이 붙어 있기 때문일지도 모른다.

구두를 벗고 오르자, 뒤에서 점원이 "남편 분이세요?"라고 말하는 소리가 들렸다. 뒤를 돌아보니, 거기에는 지유가 있었다.

"아니에요." 요코는 당황했다. "사촌오빠예요."

커튼으로 구획이 나뉜 피팅룸에서는 점원이 시키는 대로 했다. 거울 안에서 변신해 가는 자신의 모습을 보고 있을 수 없었다. 애써 시선을 외면해도 좌우의 눈앞에 모두 거울이다. 이마에 땀이 맺혀왔다. 겨드랑이에도 흠뻑. 이건, 진정을 위한 분비물이다.

"사이즈는 맞지만, 손님은 살이 없이 날씬하시네요."

그렇게 말한 점원의 눈은 요코의 가슴을 보고 있었다. 붙어 있어야 할 살이 상당히 부족했다.

"뽕을 넣으면 되니까요."

점원은 격려하듯 말했고 요코는 고개를 숙였다. 치맛자락에 있는 레이스가 눈에 들어왔다.

"요코, 괜찮아? 다 입었어?"

밖에서 목소리가 들렸다. 미하루 씨다.

"손님 성함이 요코 씨?" 점원이 물었다.

"네, 네에."

"밖에 계신 분은 어머니세요?"

"미, 미하루 씨요? 아니, 고모예요."

"보시겠어요?" 점원은 밖을 향해 물었다.

"네, 물론이에요." 미하루 씨다.

이 모습을 둘에게 보이겠다고? 안 될 일이다. 요코는 막으려 했지만, 이미 늦었다. 점원이 커튼을 열어버렸다.

눈부신 빛이 눈을 찌르고 셔터 누르는 소리가 들렸다. 무슨 일인가 하고 눈을 크게 뜨니, 미하루 씨가 카메라 렌즈를 요코에게 향하고 있었다. 그 뒤에는 지유가 있었다.

"눈 감으면 안 되지."

미하루 씨는 마치 프로 작가인 양 카메라를 들고 불만스러운 듯이 말했다. 카메라는 지유의 일안렌즈다.

"게다가 그 갈래머리, 풀래?"

"손님, 사진 찍으실 거라면 저쪽에 공간이 마련되어 있습니다."

"그럼, 그쪽으로 가자."

걷기 시작한 미하루 씨한테서 지유는 카메라를 빼앗았다.

"왜?"

"내가 찍을게." 지유가 화난 듯 말했다.

"그 사진, 아직 지유한테 안 받았어?"

그러고 보니 아직이다.

"미하루 씨는 봤어? 그 사진?"

"응. 결국 마음에 드는 게 없어서 오타 양품점에 부탁하기로 했어."

엄마는 이미 없었다. 엄마는 사실 미하루 씨의 드레스만 보러 왔을 따름이다.

노크 소리가 들렸다.

"쇼?" 미하루 씨가 물었다. 쇼에게 여기로 와달라고 좀 전 엄마를 통해 부탁했었다.

"그럼." 문 저편에서 거칠고 굵은 목소리가 들려왔다. 아버지와 똑같다. "들어가도 돼?"

"들어와~" 이상한 리듬을 타고 미하루 씨가 대답했다.

"무슨 일로 불렀어?"

"마음이 차분해지지 않아서."

"늘 그렇잖아."

요 4개월간 중학생이 된 아이로서는 정확한 지적이다.

미하루 씨는 한순간 입술이 일그러졌지만 "너의 그걸로 어떻게 안 될까?" 하고 말했다.

"나의 그거라니?"

"통신교육으로 하는 거 있잖아."

"초절권?"

쇼는 2년 전 〈모〉의 구독을 그만두었는데, 거기에 광고를 실었던 초절권만은 계속하고 있었다.

"그래, 그거. 마음을 차분하게 하는 포즈 같은 거 없어?"

"있기는 한데."

"지금 가르쳐줘."

"효과가 있을 리 없다고 늘 놀렸으면서……."

"급할 때 하느님 찾기야." 미하루 씨는 일어섰다. 그 말이 아닐 텐데, 라고 요코는 생각했다. "비싸게 굴지 말고 가르쳐줘."

“그 차림으로 하겠다고?”

“괜찮으니까 빨리. 자, 요코 너도.”

“나도? 셋이서 하기에는 좁지 않아?”

“괜찮아, 할 수 있어. 너도 계속 앉아 있어서 엉덩이 아프지? 아무리 마나부 오빠의 명령이라고 해도 날 물끄러미 감시할 필요까지는 없었는데.”

알고 있었구나, 미하루 씨는. 그런데 어떻게 알았지?

“그럼 먼저 오른손을 수직으로 뻗고.” 쇼가 먼저 움직였다. 마하루 씨도 그에 따랐다. 요코도 의자에서 일어나 오른손을 수직으로 뻗었다. 세 사람은 서로 부딪히지 않도록 조심하며 해내고 있었다.

“그리고 조금 안쪽으로 구부리고. 이어서 오른발을 들고, 구부리고. 왼발은 그대로. 이제 숨을 들이쉬고. 자, 뻗고.”

“의외로 힘이 드네.” 미하루 씨는 벌써 지쳐 있었다.

“오른손, 오른발은 그대로. 이번에는 왼손을 옆으로 뻗고. 그리고 구부려 가슴 앞으로 가져가고. 손바닥은 위로 향하고. 자, 다시 숨을 들이쉬고. 다시 내쉬고. 이대로 셋까지 셉니다.”

“저기, 쇼.” 거울 속의 미하루 씨가 미간에 주름을 잡고 있었다.

“하나.”

"이 자세가 좋아."

"둘."

"이야미(아카츠카 후지오의 만화 《오소마츠 군》에 등장하는 캐릭터)가 했던 자세 아니니?"

"셋."

쇼가 숫자를 세고 있을 때, 문이 열렸다. 세 사람 모두 그 자세를 유지한 채, 문쪽을 보았다.

"뭘 하는 거야? 너희들."

아버지였다.

이틀 전의 일이다.

아버지가 마쿠아이도 서점으로 찾아왔다. 입시 공부 중에는 피했지만, 요코는 지원학교에 합격하고 나서 다시 이 헌책방에서 일하기 시작했다.

미하루 씨는 2년 전에 취직해 버렸고, 오야마다 씨도 1년 전 조교가 되어서 대학에서 강의를 하게 되어 마쿠아이도 서점을 떠났다. 그 대신에 꽃집 미키 씨가 도와주게 되었다. 미키 씨는 꽃집과의 겸업에도 불구하고 충분히 잘 해내고 있었다.

"어때, 카세트덱의 상태는?"

헤드폰을 벗는 요코에게 아버지가 물었다.

"아주 좋아요."

"아아, 그래."

아버지와는 집에서보다도 여기서 이야기하는 일이 많았다. 그렇다고 해도 불과 10분내지 15분 정도 잡담을 나누는 정도다.

"너, 3일간 3천 엔짜리 일하지 않을래?"

그리 좋은 금액은 아니다. 하루에 천 엔뿐이라니. 그러나 "어떤 일인데요?" 하고 물었다.

"감시."

"감시? 뭘요?" 말하고 나서 요코는 알아챘다. "설마 미하루 씨를?"

아버지는 깊이 고개를 끄덕였다. "그 녀석, 중요한 순간에 도망치니까."

"그래도 자기 결혼식에서까지 도망칠 리가 없잖아요?"

"네 엄마도 그렇게 말했다. 그러나 너희는 녀석의 진짜 위험함을 알지 못해."

자신의 여동생을 마치 괴물 취급한다.

"중요한 순간이라 해도, 할머니 장례식뿐이었잖아요, 사라진 건."

"선보는 도중에도 도망쳤지."

그랬었다.

"그 전에도 여러 번 전과가 있어. 녀석은 초중고등학교 모든 졸업식에 참석하지 않았어."

"네?" 처음 들었다. "정말요?"

"정말이다." 아버지는 왠지 위협하듯이 말했다. "아침에 학교에는 가. 그런데 도중에 행방을 감춰. 초등학교 때는 옆 마을 오마루에 갔었다고 했어. 중학교 때는 유원지였어. 이때는 경찰에 신고까지 해서 엄청난 소동이 있었지. 고등학교 때는 야쿠시마였어."

"야, 야쿠시마?"

"그곳에서 전화를 걸어 걱정하지 말라고 했어."

요코는 미하루 씨에 대해 모든 것을 알고 있다고 생각했다. 그러나 그것은 당치도 않은 생각이었다.

"할아버지 장례식 때는 녀석 40도나 열이 나서, 집안은 바쁘고 해서 나스비네 집에 누워 있었어. 내 결혼식 때는 맹장염이었어. 츠토무 결혼식에는……."

아버지는 거기서 말을 끊었다. 아이쿠, 하는 표정을 하고 있다.

"어땠어요? 츠토무 숙부 결혼식 때는요?"

아버지는 주저했지만, "옛날 일이니 말해도 되겠지." 하며 자신을 이해시키고 나서 이야기하기 시작했다.

"츠토무 결혼식은 후쿠이 사람들이 아무도 참석하지 않았어." 후쿠이 사람이란 숙모의 본가다. "원래 그쪽 아버지가 완강하게 반대하는 것을 무릅쓰고 결혼하는 거였거든. 네 할아버지가 전화해도 받지 않았어. 우리들은 뭐, 하는 수 없다고 말했는데, 단 한 사람 납득하지 않은 사람이 있었어."

"미하루 씨?"

아버지는 크게 고개를 끄덕였다.

"녀석, 츠토무 결혼식 당일 후쿠이로 달려갔어. 초등학생 주제에. 우리 오빠의 어디가 마음에 들지 않는지 말해 달라고 현관에서 오열하고 온 모양이야. 실로 무슨 짓을 저지를지 모르는 난감한 녀석이라니까."

아버지는 눈썹을 팔자로 만들면서도 뺨은 웃고 있었다. 난감한 녀석이라고 말하면서, 어조는 어딘지 모르게 자랑스러워하는 듯하기도 했다.

결국 요코는 감시하는 일을 받아들였다. 그러나 돈은 필요 없다고 거절했다.

"내 일은 끝났지?" 쇼는 대기실에서 나갔다.

"왜 셋이서 그런 자세로 있었던 거니?" 정장 차림의 아버

지는 웬일인지 한 손에 캔 커피를 들고 있었다. "너는 신부이
니까, 개인기 같은 거 안 해도 돼."

"아니야." 미하루 씨는 의자에 앉으면서 대답했다. "초절
권을 했을 뿐이야. 요코, 효과가 있어?"

요코는 원래 자리로 돌아왔다. "효과라니?"

"차분해졌어?"

처음부터 차분했기 때문에 대답할 말이 없다. 그래도 쇼의
명예를 생각해서 "그럭저럭." 하고 대답해 두었다.

"그래? 나는 전혀 아닌데."

"긴장되니?" 아버지는 거울에 비친 미하루 씨에게 말을 건
넸다. "너답지 않구나."

"긴장했는지 차분해지지가 않아."

"피울래?" 정장 주머니에서 아버지는 담배 갑을 꺼냈다.
비닐은 이미 벗겨져 있었다. "너 이거였지?"

"그렇긴 하지만……." 미하루 씨는 담배의 이름을 확인했
다. "3년이나 피우지 않아서."

"나도 끊은 지 꽤 오래돼서. 같이 피워줄게. 피워봐."

"그럼." 하고 미하루 씨는 한 개비 꺼냈다. "재떨이는?"

"다 마셨으니 이걸 쓰자." 아버지는 커피 캔을 들었다. "그
런데 의자는 없어?"

"여기 앉으세요." 요코는 일어서서 의자를 내주려고 했다.

"아니 됐어. 서서 피울게."

아버지는 주머니에서 이번에는 백 엔짜리 라이터를 꺼냈다.

"요코, 미안한데 저쪽 창문을 좀 열어줄래. 연기가 차면 안 되니까."

대기실에는 작은 창이 하나밖에 없었다. 그것을 열었다. 마을의 소음이 어렴풋이 들려왔다.

의자에 앉아 거울에 비친 아버지와 미하루 씨를 보았다.

"중화요리로 피로연을 하다니, 너답다."

아버지가 물고 있는 담배 끝에서 연기가 퍼져갔다.

"억지를 부렸지. 이 대기실은 비품실이고, 오야마다 씨의 대기실은 종업원용 남자 화장실이야."

미하루 씨는 담배를 만족스럽게 빨았다. 거울에 비친 그 표정을 보니, 초절권보다 효과가 있는 것 같다.

아버지도 같은 표정이다. 둘은 닮지 않았다. 하지만 남매다.

"그런데, 설마 네가 기억하고 있다니 놀랐어."

"뭘?"

"네 일곱 살 생일 파티 말이다. 여기서 했었지. 아버지가 모두 데리고 왔었어."

"어머? 그랬어? 전혀 몰랐어."

“그래?” 아버지는 말문이 막혔다.

“우연이야, 우연.”

노래하듯이 말하는 미하루 씨를 아버지는 노려보면서, “뭐 그것도 너답다고 할까.” 하며 자기 멋대로 이해하고 있었다.

두 사람은 거울을 향해 잠자코 담배를 피웠다. 요코도 잠자코 그 둘을 거울을 통해 바라보고 있을 수밖에 없었다. 어쩌면 이것은 행복일지도 모른다. 그렇게 생각하니 묘한 시간이 거기에 흐르고 있었다.

“츠토무한테서 전화가 왔었어.”

“어? 언제?” 미하루 씨가 거울에 비친 아버지에게 물었다.

“어제. 내 회사로. 건강히 잘 지내고 있으니 안심하라고. 지금 싱가포르에 있다네. 내일 미하루의 결혼식이라고 말했더니 놀라더라. 왠지 감이 그럴 것 같았다면서. 감이라니……”

“지유한테는?”

“말했어. 건강하면 그것으로 됐다고 하더라.”

“런어웨이~ 런어웨이~

너무 사랑해 런어웨이~”

어딘가에서 노랫소리가 들렸다. 게다가 점점 가까이 다가
오고 있었다.

"저건……." 아버지가 얼굴을 찌푸렸다.

"런어웨이~" 문이 열렸다.

들어온 남자는 방 안의 세 사람을 보고, 움직임을 멈췄다.
정장 차림에 흰 장갑, 머리를 검게 염색했다.

"미, 미안." 하고 곧 문을 닫았다. 타다닥 하고 달려가는 소
리가 들렸다.

"저 사람, 나스 선생님이지?" 미하루 씨가 웃음을 참고 있
었다. "내 피로연에서 뭘 할 작정이지?"

한 대 피우고 나서 신부에게 한마디 하지 않을까 생각했지
만, 아버지는 총총히 대기실을 떠나갔다. 그 뒤 미하루 씨가
신부답지 않게 속삭였다. "안 되겠어."

"뭐가?"

"시집가기 전에 마나부 오빠가 만든 볶음밥 먹을까 했는
데."

"캐비어 볶음밥?"

"뭐든 좋아. 평소처럼 냉장고에 남은 걸로 만든 거. 그런데
너무 늦었어."

"결혼해도 그리 멀리 가는 건 아니잖아. 집에 종종 놀러올 거잖아. 그때에 만들어주라고 아버지한테 말해 둘게."

"응, 그렇지. 그렇기는 하지."

거울 속 미하루 씨는 아랫입술을 깨물고 있었다.

"나, 화장실 다녀올게." 요코는 자리에서 일어섰다.

"이제 여기로 안 와도 돼. 나 안 도망갈 테니까."

"응, 그렇지만……."

지금은 이미 감시하고 있는 것이 아니었다. 지켜보고 싶었다, 미하루 씨를.

"다시 올게."

복도에 나가자 "공주야!" 하고 지유가 불렀다. 사촌오빠는 평소처럼 정장이다. 오늘도 또 목에 일안렌즈를 걸고 있었다.

"왜? 미하루 씨에게 무슨 용건이라도 있어?"

"아니, 공주 너한테." 지유의 손에는 커다란 갈색 봉투가 있었다. "이거, 요전의……."

그 말만으로도 곧 알았다.

"미하루 씨가 찍은 한 장도 있어. 기다리게 해서 미안. 다른 사람 편에 보내도 좋았겠지만 직접 주고 싶었어."

"고마워." 요코는 그 갈색 봉투를 받아들었다. 그리고 봉투를 열어보려다가 그만두었다.

"왜?"

"나중에 볼래."

"잘 찍혔어. 피사체가 좋으니까 누가 찍어도 잘 나오는 건 당연하지만."

"내게 그런 아부성 발언을 하다니, 지유 오빠답지 않아."

지유가 묘한 얼굴을 했다. 지유 오빠라고 불러서 그런가. 하지만 지유 오빠도 지금까지 나를 공주라고 부르잖아.

그러나 그렇지 않았다. "그 말투……" 지유는 걱정스럽게 말했다. "미하루 씨와 똑 닮았어."

화장실에서 돌아오니, 미하루 씨는 의자에 앉은 채로 꾸벅꾸벅 졸고 있었다. 너무 차분해진 모양이다.

좀 전에 열어놓은 창에서 쏟아지는 햇살이 신부의 얼굴을 비춰 황금빛으로 빛나고 있었다. 마치 한 장의 그림 같은 광경이었다.

깨울까 말까 계속 고민하다가 요코는 살며시 곁으로 다가갔다. 그때 눈을 감고 있던 미하루 씨가 속삭이는 소리가 들렸다. "엄마."

노크 소리가 들렸다.

"미하루 씨!" 오야마다 씨다. "이제 곧 시작해요. 준비 됐어요?"

그 목소리에 미하루 씨는 눈을 떴다. 살짝 등을 펴고 "네."
하며 활기차게 대답했다.

저기, 미하루 씨.

식장으로 향하는 미하루 씨의 등을 바라보고, 마음속으로
말을 건넸다.

언젠가 시집가지 않는 이유를 이렇게 말했었지.

이 집에 있는 게 좋으니까, 그래서 집을 나가는 게 쓸쓸하
다고.

너무해. 나도 쓸쓸하단 말이야.

집에는 아버지도 엄마도 쇼도 있어. 하지만 미하루 씨는 더
이상 없으니까.

이런 말도 했었어. 도망친 게 아니라, 쫓아갔던 거라고.

오야마다 씨를 쫓아갔던 거야? 그렇구나.

하지만 역시 미하루 씨는 도망쳤던 거야. 나한테서. 몰랐
지? 그 사실을. 그래도 상관없어.

돌아오면 안 돼.

다루마 도시락을 가지고 와도 용서하지 않을 테야.

안녕, 미하루 씨!

너무 사랑해, 런어웨이~

카페에 앉아 여유로운 한때를 보내고 있을 때, 유리창을 통해 내리꽂히는 햇살에 커피 잔이 반짝 빛나는 순간의 황홀. 야마모토 유키히사는 삶에서 그 순간, 그 황홀을 놓치지 않고 특유의 섬세한 필치로 그려낸다. 그 때문에 우리는 그를 통해 우리의 일상이 얼마나 아름답고 행복한 것인지 깨닫는다. 아아, 나의 인생 살아볼 만하구나!

이제까지 고단하지만 오뚝이처럼 발딱 일어서서 일하는 사람들(현재의 우리들)의 모습을 그려왔던 야마모토 유키히사가 《도망치지 마 미하루 씨》에서는 따뜻한 가족 이야기를 들려준다. 할머니와 시집가지 않은 고모…… 다 함께 모여 살며 티격태격 왁자지껄 지내던 과거 우리네 가족. 복닥복닥 하루도 조용할 날 없지만 흔들림 없는 가족에 대한 사랑과 믿음으로 똘똘 뭉친 따뜻한 이야기이다.

할머니가 돌아가신 후, 아직 출가하지 않은 고모 미하루 씨가 얹혀살고(?) 있는 요코 네. 해가 중천에 뜰 때까지 늘어져 자고, 후질근한 티셔츠 차림으로 뒹굴거리고, 아르바이트도 툭하면 요코에게 맡기고 자리를 비우며, 곤란하다 싶을 때는 영락없이 도망치는…… 골칫덩이 고모 미하루 씨!

할머니 장례식에서도, 선보는 자리에서도 일단 도망치고 보는 그녀를 어떻게 하면 좋을까? 엄한 아버지도 웬일인지 고모 문제가 되면 나 몰라라 뒷짐 지고 한 발 물러선다. 혼기가 꽉 찬 고모를 시집보내기 위해 동분서주하는 엄마의 엄청난 활약, 고모 미하루 씨에게 속아서 곤혹을 당하는 요코와 요코의 동생 쇼.

결혼적령기가 되었으면 서둘러 자신의 짝을 만나 결혼해 이 집을 나가면 좋으련만, 아무리 괜찮은 남자를 맞선 상대로 내세워도 (요코가 듣기에는) 말도 안 되는 트집을 잡으며 맞선을 요리조리 피한다.

중학생 요코의 눈에 그런 고모의 행동이 어처구니없는 모습으로 보이지만, 태어난 순간부터 '나의 집'이던 이곳에서 오래도록 살고 싶어 하는 미하루 씨의 절절한 몸부림으로 전해진다.

만년 막내딸로 응석만 부릴 줄 알았던 미하루 씨가 (아르바이트로 대충 살던 일상을 접고) 평범한 사무직 여성으로 대변신을 감행하도록, 가족의 품을 떠나 그녀만의 사랑을 이루도록 등 떠민 것도 가족의 사랑이다. 그 때문인지 혼기가 꽉 찬 여동생 미하루와 언젠가는 시집갈 딸 요코를 바라보는 요코 아버지의 시선은 복잡 미묘하다. 사랑한다는 이유만으로 영원히 함께 할 수 없는 현실…….

그러나 미하루 씨는 함께하기 위해 지금도 호시탐탐 도망칠 기회를 엿본다. 아차 하는 순간 그녀가 두 손에 샌들을 쥐고 냅다 줄행랑을 놓는다 해도 우리는 걱정할 필요 없다. 언제 그런 일이 있었냐는 듯이 배시시 웃으며 한층 성장한 모습으로 돌아올 것이기 때문이다. 그래서 오늘도 도망치는 미하루 씨의 등 뒤에서 요코와 그녀의 가족들이 '또 도망치는 거야!?' 하며 실소를 머금으면서도 애정 어린 시선을 거두지 않는다. 거기에 나도 응원의 한 목소리를 보태고 싶다.

너무 사랑해, 런어웨이~

2008년 가을. 박재현

도망치지 마 미하루 씨

초판 1쇄 인쇄 2008년 11월 21일
초판 1쇄 발행 2008년 11월 27일

지은이 | 야마모토 유키히사
옮긴이 | 박재현
펴낸이 | 한 순 이희섭
펴낸곳 | 나무생각
편집 | 정지현 이은주
디자인 | 노은주 임덕란
마케팅 | 나성원 김종문
관리 | 김훈례
출판등록 | 1998년 4월 14일 제13-529호
주소 | 서울특별시 마포구 서교동 475-39 1F
전화 | 02)334-3339, 3308, 3361
팩스 | 02)334-3318
이메일 | tree3339@hanmail.net
홈페이지 | www.namubook.co.kr

ISBN 978-89-5937-161-7 03830